G.I. Komp

# Christoph Florent. Kött, bischof von Fulda

Antigonos

G.I. Komp

# Christoph Florent. Kött, Bischof von Fulda

Unveränderter Nachdruck der Originalausgabe von 1874.

1. Auflage 2024 | ISBN: 978-3-38640-265-1

Antigonos Verlag ist ein Imprint der Outlook Verlagsgesellschaft mbH.

Verlag: Outlook Verlag GmbH, Zeilweg 44, 60439 Frankfurt, Deutschland
Vertretungsberechtigt: E. Roepke, Zeilweg 44, 60439 Frankfurt, Deutschland
Druck: Libri Plureos GmbH, Friedensallee 273, 22763 Hamburg, Deutschland

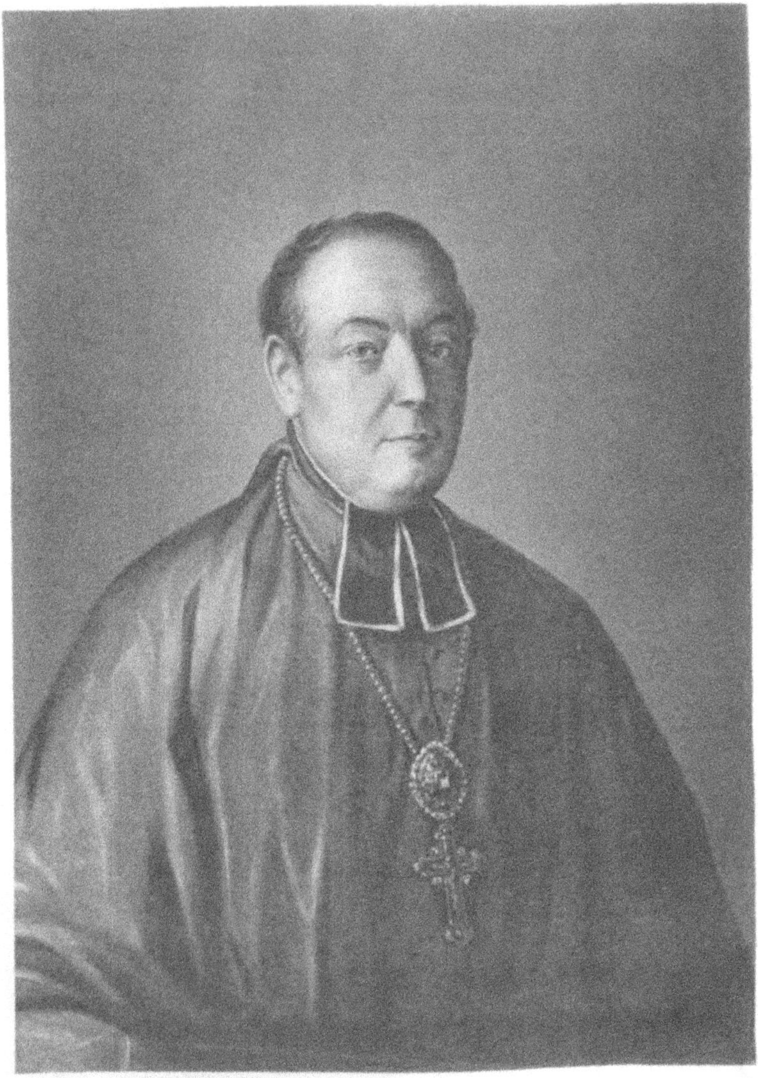

# Deutschlands Episcopat
## in Lebensbildern.

II. Band. II. Heft. Ganze Sammlung VIII. Heft.

# Christoph Florent. Kött,

### Bischof von Fulda.

— ⋅⋅∞⋅⋅ —

Von

**Dr. H. J. Komp,**

Dompräbendat und Regens des bischöfl. Clerical-Seminars.

Motto: „Geliebt bei Gott und den Menschen: sein Andenken ist im Segen". Eccli. 45, 1.
Vorspruch der Trauerrede des Bischofs von Paderborn.

## Würzburg 1874.
Leo Woerl'sche Buch- und kirchl. Kunstverlagshandlung.

(Ueberſetzungsrecht vorbehalten.)

## Die Jugendjahre.

Das Gebirgsland, das vom großen Apostel der Deutschen mitten zwischen den vier von ihm bekehrten Völkerstämmen im Herzen unseres Vaterlandes zur Begründung einer, seine ganze Missionsthätigkeit befestigenden Lieblings-Anstalt ausersehen und durch seinen Aufenthalt und seine heiligen Gebeine, wie durch den gottseligen Wandel seiner Jünger, des hl. Sturmius, hl. Rhabanus, hl. Aegil und der Colonie frommer Mönche geheiliget wurde, ist an Fruchtbarkeit nicht zu vergleichen mit den gesegneten Niederungen, die es umgeben, mit Franken, Thüringen, der Wetterau und der milden Rhein- und Maingegend. Zu allen Zeiten nährte daher der Boden seine Bewohner nicht, welche deshalb genöthigt sind, sich nach anderen Erwerbsarten in und außer der Heimath umzusehen. Liederreich, wie sie sind, wählten und wählen heute noch Viele die Musik.

Im Anfange der achtziger Jahre des vorigen Jahrhunderts griff auch Christoph Kött aus Motzlar in der Pfarrei Schleiba bei Geisa zum Wanderstabe. Als stattlicher und, wie der Schreiber dieser Zeilen von Ohrenzeugen gehört, außergewöhnliche musikalische Kenntnisse entwickelnder junger Mann folgte er dem Zuge der Auswanderer und kam nach dem Elsaß, jenem glücklichen Lande, dessen Bewohner die guten Eigenschaften ihrer beiden großen Nachbarnationen zu vereinigen scheinen. Dort nahm er Dienste in einem französischen Regimente, das zu Schlettstadt garnisonirte, und erwarb sich durch seine Tüchtigkeit die Direction der Musik desselben.

Zu Schlettstadt wohnte damals bei ihrem Vetter, einem Architekten, der manche Kirchen der Umgegend erbaut hatte, die Tochter des verstorbenen Rittmeisters Jean Baptist Münk, deren Mutter, Anna Maria, geborene Schnöller, zur Zeit der französischen Revolution nur durch das über die Ungeheuer Robespierre und Schneider hereinbrechende göttliche Strafgericht von dem Tode durch die Guillotine befreit wurde, zu dem sie durch die Proscriptionsliste bestimmt worden war. Zu Grußenheim im Nieder-Elsaß 1764 geboren, war die Waise, Namens Maria Anna Agnes, zu Schlettstadt im 12. Jahre ihres Lebens den

10. April 1776 zur erften hl. Communion gegangen und, zur blühenden Jungfrau herangewachſen, hatte ſie ſich neben einer zarten Weiblichkeit und einem feinem Anſtande, den Hoch und Niedrig in allen Lebensverhältniſſen bis in ihr hohes Greiſenalter zu bewundern Gelegenheit fand, einen feſten Glauben bewahrt, der ſich durch die innigſte Andacht zum hl. Altarsſacramente und zur ſeligſten Jungfrau ihr ganzes Leben hindurch zu erkennen gab.

Die Vorſehung Gottes, in Allem wunderbar und anbetungswerth, fügte es, daß die fromme Jungfrau im Alter von 24 Jahren die Aufmerkſamkeit des 27 Jahre zählenden Muſikdirectors Kött auf ſich zog, der ihre Liebe gewann und ſich mit ihr verlobte. Im Jahre 1788 — den 9. Mai — empfing das Brautpaar mit den Entlaſſungsſcheinen des Pfarrers von Schlettſtadt, wo Beide ihren Wohnſitz hatten, unter Aſſiſtenz des Pfarrers B. Erhard und vier Zeugen — darunter der Bruder des Bräutigams, Adam Kött — zu Hüningen im Bisthum Baſel den kirchlichen Segen zum ehelichen Bunde, dem nebſt einer früh verſtorbenen Tochter ein Sohn das Leben verdankte, der für Viele ſegensreich werden ſollte und uns hier beſchäftigen wird.

Derſelbe wurde den 7. November 1801 zu St. Martin in der Diöceſe Straßburg, woſelbſt damals die Mutter mit ihrem Gatten im Hauſe ihrer Verwandtin und Pathin Anna Maria Schnöller, der Gattin des Zimmermannes Konrad Schirle, Wohnung genommen hatte, geboren und erhielt den darauffolgenden Tag in der hl. Taufe neben dem Namen ſeines Vaters noch den des hl. Biſchofs Florentius von Straßburg, deſſen Feſt an dieſem Tage gefeiert wird.

Die Sorge für die Erziehung ihres Sohnes Chriſtoph Florentius drängte die Eltern, ihr mit der Stellung des Vaters verbundenes Wanderleben aufzugeben und zu Fulda, der Hauptſtadt des Geburtslandes des Vaters, bleibenden Wohnſitz zu nehmen, woſelbſt der Knabe die Volksſchule bis zum 11. Jahre beſuchte. Da der Vater als fürſtlicher Muſikdirector ein keineswegs glänzendes Auskommen hatte, ſo gedachte er, den Sohn in ſeiner eigenen Kunſt auszubilden, aber Chriſtoph hatte ſchon länger in ſeiner Bruſt ein durch die fromme Anregung ſeiner Mutter genährtes, anfänglich verborgenes, alsdann immer entſchiedener hervortretendes Verlangen getragen, ſich nicht dem

Treiben der Welt zu überlassen, sondern vielmehr im Hause des Herrn Gott zu dienen und dereinst die hl. Weihen zu empfangen, und trug dasselbe auch aufrichtig seinen Eltern vor, auf deren Einwilligung hin er freudig den Gymnasialcursus begann und mit einem seinen hervorragenden Fähigkeiten entsprechenden Erfolge beendete.

Um die Kosten des Studiums zu beschaffen, zu denen die dürftigen Einkünfte des Vaters nicht ausreichten und jegliche Unterstützung versagt wurde[1]), folgte der Vater den Verheißungen, die ihm von Frankreich aus gemacht wurden, trat wieder in französische Dienste, fand aber frühen Tod, wodurch die Mutter mit ihrem Sohne in die traurigste Lage gerieth. Die Noth hatte jedoch keinen nachtheiligen Einfluß auf die Characterentwickelung des Jünglings. Die edle Mutter wußte seine Erziehung trefflich zu leiten und ihm insbesondere Frömmigkeit und den Trost des Gebetes einzuflößen, wie sie denn knieend des Abends den Rosenkranz mit ihm betete. Der Sohn dagegen, durch die eigene Noth und durch die Obsorge für die nun mit doppelter Liebe geliebte Mutter getrieben, gab als 16jähriger Studirender den Tag über 5—6 Privatstunden um geringes Entgelt, bis er die Stelle eines Hauslehrers in der adeligen Familie von Kirshy auf dem nahen Johannisberge übernahm, von wo er unter großen Anstrengungen die philosophischen Collegien des Lyceums und alsdann die theologischen des bischöflichen Seminars zu Fulda fast täglich besuchte.

Obwohl er unter so ungünstigen Verhältnissen studirte, so trat er doch nach vorgängigem Examen als einer der Ersten unter den Befähigten seines Curses den 5. Januar 1824 in das Seminar zu Fulda ein und war ein Muster für Alle, wie dies seine noch lebenden Mitalumnen bezeugen. Treffend wandte der hochwürdigste Herr Bischof von Paderborn in seiner

---

[1]) Auf ein Gesuch des Vaters um Unterstützung für seinen Sohn gab der damalige Landesherr, der Großherzog von Frankfurt und Fürstprimas, folgenden Bescheid: Herrn Staatsrath Molitor zum Gutachten, und wird dieses Gesuch nicht wohl statthaben, denn, wer kein Vermögen hat, soll seine Kinder nicht studiren lassen und muß seine Kinder zu Handwerkern bestimmen.

Fulda, den 28. Sept. 1811.    Carl.

Staatsrath Molitor beantragte Ablehnung des Gesuchs um Unterstützung den 30. Sept. 1811, und Dalberg machte am Rande die Verfügung: Einverstanden. Im Grund ist fleißiger Taglöhner schätzbarer als ein halbstudirter.

   Carl.

Trauerrede am Grabe des Hingeschiedenen auf diesen Abschnitt seines Lebens das schöne Wort an, das der hl. Gregor von Nazianz vom großen hl. Basilius gesagt hat: „Er war ein Priester, noch ehe er Priester war, d. h. er hatte die Tugend eines Priesters, noch ehe er die priesterliche Weihe empfangen; er war Priester durch seine Frömmigkeit und durch seinen religiösen Eifer, er war Priester durch den Ernst und die Würde seiner Sitten, er war Priester durch die Unschuld und Reinheit seines Lebens, bevor er noch durch die bischöfliche Handauflegung die Weihe und Würde eines Priesters erhielt."

Aber gerade weil er sich durch solche Tugenden empfahl, wurde er schon am Ende desselben Jahres zu den hl. Weihen zugelassen, die er, da Fulda nach dem Tode des letzten Fürstbischofs Adalbert III. von Harstall bis zur Restauration des Bisthums im Jahre 1829 keinen Bischof besaß, den 18. Dezember zu Würzburg empfing, um der geistigen Mutter, der Kirche gegenüber, ein ebenso treuer und guter Sohn zu werden, wie er es seiner leiblichen Mutter gegenüber stets gewesen war.

## Der Priester.

Einem alten heilsamen Gebrauche gemäß werden die jungen Priester des Seminars zu Fulda allmälig in die Seelsorge eingeführt, und so erhielt denn der Neopresbyter Kött den Auftrag, excurrendo dem durch Alter geschwächten Pfarrer von Giesel in der Abhaltung des sonn- und festtäglichen Gottesdienstes beizustehen. Seine einnehmende priesterliche Haltung, sein zündendes Wort, sein Seeleneifer machte alsbald auf diese einsamen Waldbewohner einen tiefen Eindruck, so daß sie nach dem Tode ihres Seelsorgers nichts Eiligeres zu thun hatten, als in einer Eingabe an die geistliche Oberbehörde die Bitte auszusprechen, den seitherigen Hilfspriester zum Nachfolger ihres Pfarrers zu ernennen und ihnen zum Hirten zu geben.

Als dieses Gesuch zur Kenntniß des damaligen Seminarregens Heinrich Komp gelangte, ließ er den Alumnus hart an, in der Annahme, es möge diese Auszeichnung von nachtheiligem Einflusse für ihn sein oder er möge der Eingabe selbst nahe stehen. „Daß ich dies an Ihnen erleben muß!" — waren seine Worte. „Sie werden nun denken: Wer bin ich, daß man mich

— noch nicht aus dem Seminare entlassen — schon zum Pfarrer begehrt! Was wird aus Ihnen werden!" Indessen hatte der junge Priester, der die, wie er wußte, wohlgemeinte Zurechtweisung bescheiden hinnahm, an dem Streben der guten Landleute nicht den geringsten Antheil, und auch die Befürchtuugen des anscheinend strengen, aber seine Alumnen von Herzen liebenden Vorstandes gingen nicht in Erfüllung; denn aus diesem Priester sollte etwas Großes werden, aber erst, nachdem er die priesterliche Wirksamkeit in jeder Art versucht und in den verschiedensten Theilen der Diöcese seine Tüchtigkeit erprobt hatte.

Den 1. September 1825 verließ derselbe das Seminar, um die Caplanstelle in Geismar bei Geisa zu übernehmen, eine jener mühevollen, aber auch lohnenden Stellen, deren die Diöcese Fulda so viele besitzt. In dem Geiste, den er im Seminare in sich aufgenommen, suchte er mit einem glühenden Eifer überall am Heile der guten Leute zu arbeiten, die für das Wort Gottes und die Einwirkung der Gnade so empfänglich sind, und wußte sich die Liebe Aller zu erwerben.

Indessen sollte er nicht lange an jenem Orte seine Wirksamkeit entfalten. In dem Jahre 1827, in welchem die Regierungen Deutschlands allenthalben die kirchlichen Verhältnisse ihrer katholischen Unterthanen zu ordnen bemüht waren, und die Bisthümer circumscribirt wurden, war die Frage aufgeworfen worden, ob nicht die im Großherzogthum Sachsen-Weimar liegenden Pfarreien von Fulda losgetrennt und der Diöcese Paderborn zugeschrieben werden sollten. Der Regens des Seminars, welcher den Werth des jungen Caplans von Geismar wohl zu würdigen wußte, beeilte sich, denselben der Fuldaer Diöcese zu erhalten, indem er ihm den Rath ertheilte, die Cooperatur in Flieden anzunehmen. Willig entsprach dieser der Aufforderung der Oberen, die am 16. Juli an ihn erging und ihm Gelegenheit bot, nach einer anderen Seite hin eine Eigenschaft zu bekunden, die ihm später so zu Statten kommen sollte, — die Kunst, die Charactere richtig zu behandeln.

In der großen, an 5000 Seelen zählenden Pfarrei Flieden war ein würdiger Pfarrer Namens Riemenschneider. In der hl. Theologie wohl bewandert, in welcher er sich den Grab des Licentiaten erworben hatte, und besonders durch seinen Biedersinn und seine Liebe zu den Armen angesehen und noch genannt, hatte er tüchtig gewirkt, bis das Greisenalter ihn außer Stand setzte, die vielen Arbeiten alle zu bewältigen, weshalb ihm die geistliche Behörde einen Cooperator zu Hilfe sandte, diesmal unseren jungen Kött. Es fiel diesem mithin die keineswegs leichte Aufgabe zu, die vielseitigen Arbeiten des Pfarrers mitverrichten zu helfen, ohne die Rechte oder das Ansehen desselben in irgend einer Weise zu schmälern. Kött mußte sich sehr gut in die Verhältnisse zu schicken. Mit aller Schonung des Ehrgefühls des alten Herrn verstand er es, ihm die Predigten abzunehmen, welche dieser abwechselnd mit ihm zu halten hatte und nur mit größter Anstrengung vorbereiten konnte; mit der größten Zartheit suchte er die Verwaltungsarbeiten nach des Pfarrers Disposition zu besorgen, oder in dessen Sinne gefertigt, ihm zur Unterschrift zu unterbreiten, so daß sich das Verhältniß zwischen Pfarrer und Cooperator auf's Beste gestaltete, der gute Herr seinen Mitarbeiter wie einen Sohn liebte, seinetwegen die Mutter unterstützte und seine Dienstleute, wenn sie ihn fragten, was gegessen werden solle, an den Cooperator wies mit den Worten: „Fragt diesen, er muß das Brod verdienen."

Im Jahre 1830 wurde Kött Pfarrer. Schon war das Decret für ihn von Seiten des General-Vicariats nach Giesel ausgefertigt, jener Gemeinde, die ihn als Alumnatspriester sich bereits zum Seelsorger erbeten hatte. Als er aber dem eben inthronisirten Bischof Rieger seine Aufwartung machte, um ihm seinen Dank abzustatten, erkannte der greise Oberhirt sofort, was der junge Pfarrer in sich berge, und änderte die getroffene Bestimmung, um ihn nach Allendorf in Oberhessen zu senden und für das Decanat Amöneburg im Auge zu behalten. So sehr sich Kött auch freute, als Hirt eine Heerde leiten und freier seinen Eifer bethätigen zu können, so trat doch auch hier wieder dem jungen Pfarrer eine nicht unbedeutende Schwierigkeit entgegen. Er war arm und hatte die geringen Erträgnisse seiner Caplaneien als guter Sohn freudig mit seiner Mutter getheilt: und nun sollte er ohne alles Geld, wie er war, eine Oekonomie-Pfarrei übernehmen — vielleicht die größte, welche die Diöcese Fulda besitzt. Noch bei seinem Nachlasse fanden sich die Quittungen jener Darlehen, die er damals zu machen genöthigt war. Zudem traf ihn gleich im Anfange Unglück im Viehstand und noch später erinnerte er sich oft, wie seine Mutter betrübt zu ihm eintrat: „Woher werden wir wieder eine Kuh bekommen?" — „Gott wird schon sorgen", erwiderte der Sohn, und sein Vertrauen ließ ihn nicht zu Schanden werden. Damals lernte er auch die Kunst, Haus zu halten, die es ihm später möglich machte, auch bei geringen Einkünften eine großartige Freigebigkeit zu üben. Ueberfroh, nun seine treffliche Mutter nicht mehr fern von sich der Noth überlassen zu müssen, sondern in seinem Hause ihr jene Kindesliebe erweisen zu können, in der er bis zu deren im 97. Lebensjahre erfolgten gottseligen Tode allen Diöcesanen das schönste Muster geworden ist, wandte er als Pfarrer von Allendorf und vier Jahre später — vom 9. Januar 1834 an — als Pfarrer und Landdechant zu Amöneburg mit dem größten Eifer seine Sorge den ihm anvertrauten Seelen zu. Sein Amt wurde ihm durch die damaligen Zeitverhältnisse durchaus nicht erleichtert. Durch die Bulle Provida solersque war das Decanat Amöneburg erst zum Bisthume Fulda hinzugekommen, während es früher zu Mainz gehörte, und der Pfarrer von Marburg, der unbedeutende und doch so stolze Professor Multer unseligen Andenkens, war vorher keinem Bischofe untergeben und mochte sich wohl gar als exempt oder am Ende noch nicht einmal dem Papste unterworfen betrachten, der dem Josephiner keine besondere Bedeutung in der katholischen Kirche hatte. Die Stimmung war also im Allgemeinen nicht günstig, doch der neue Dechant war gerade die geeignete Persönlichkeit, solche Verhältnisse auszugleichen.

Zunächst war es die Berufstreue, die ihm die Herzen der Parochianen gewann. Mit Fleiß verkündete er regelmäßig und ergreifend das Wort Gottes, wozu er sich, wie die nach seinem Tode aufgefundenen Manuscripte ausweisen, sorgfältig vorbereitete; gewissenhaft spendete er die hl. Sacramente, besonders jenes der Buße, durch das er die Gewissen regelte und das innere Leben der Seele weckte; die Kranken und Unglücklichen wußte er meisterhaft zu trösten; auch die Vermögensverwaltung ließ er sich pflichtgemäß angelegen sein und sicherte und mehrte das Kirchengut. Ein Freund der Lehrer und Kinder besuchte er als Ober-Schulinspector häufig die Schule, die er durch seine Maßregeln und seine Eingaben bei der Regierung zu heben wußte. Seine geistlichen Confratres, die älteren wie die jüngeren, zog er heran, und alle seine Capläne haben es sich stets zum Glücke gerechnet, unter einem solchen Pfarrer in der Seelsorge arbeiten zu können. Selbst die Andersgläubigen, denen seine Kirchlichkeit nicht unbekannt war, wurden durch die Liebenswürdigkeit seines Charakters und seine Herzensgüte für ihn eingenommen. Kött war der rechte Mann, die neuen Diöcesanen mit ihrem Bischofe zu vereinigen, mit dem er in innigem Verkehre stand. Und ungeachtet dieser großen Thätigkeit wußte er noch im Mannes-Alter Zeit zu gewinnen, auf seine wissenschaftliche Ausbildung bedacht zu sein, die er zu seinem größten Leidwesen nicht seinen Wünschen entsprechend in früheren Jahren hatte fördern können; ja selbst juristische Studien betrieb er eifrigst, da er deren Bedeutung für das geschäftliche Leben kannte, und das mit einem Erfolg, daß er die schwierigsten Rechtsverhältnisse schnell und richtig aufzufassen und darzustellen und oft schärfere Urtheile über Rechtsfragen abzugeben wußte, als mancher Fachmann.

Diese Entwicklung konnte natürlich nicht verborgen bleiben. Sie veranlaßte den alten Regens Komp, in dem Zeugnißbuch zu dem Namen Kött diesen Nachtrag zu schreiben: „Den seelsorgerlichen Arbeiten wußte er manche Stunde für seine Studien abzugewinnen und dieselben so zu vervollkommnen, daß er nunmehr zu den gelehrtesten, gewandtesten und erprobtesten Priestern der Diöcese zählt".[1]) Sie zog aber auch die Augen des ehrwürdigen Bischofs Johann Leonard Pfaff auf sich, der für seine Diöcese nicht besser sorgen zu können meinte, als wenn er es durch seine Disposition ermögliche, ihn nach seinem Hinscheiden zum Nachfolger auf dem bischöflichen Stuhle zu erhalten. Darum beschloß er zur richtigen Stunde, in ungewöhnlicher Weise einzugreifen und ihn nach Cassel zu versetzen, damit man dort durch Augenschein manche Vorurtheile abzulegen und den Werth des Mannes zu würdigen Gelegenheit fände.

Zu Cassel befand sich damals als Decan ein Ehrenmann, der aber das Unglück hatte, die Protestanten durch ungehörige Ausdrücke zu reizen, ohne dadurch das kirchliche Leben der Katho-

---

[1]) Studium suum in cursu theologico ob labores paedagogicos multum impeditum, utpote qui in proximo monte s. Joannis nobilis viri filios instrueret et interruptè duntaxat Collegia in Seminario frequentare poterat, in succisis postea a cura animarum horis ita supplevit, ut in doctissimis, versatissimis, probatissimis Fuldensium sacerdotibus locum nunc occupet.

liken besonders zu fördern. Von allerhöchster Stelle wurde der Bischof gedrängt, doch für eine anderweitige Besetzung dieser dem Landgrafen ihre Entstehung verdankenden und mit dem Decanat verbundenen Pfarrei sorgen zu wollen. Mit der ihm eigenen Klugheit erwiderte der Kirchenfürst, es stehe ihm canonisch nicht zu, einen sonst makellosen Priester durch eine Versetzung zu verschlechtern, höchstens könne er einwilligen, daß zwischen dem Dechant-Pfarrer von Cassel und dem von Amöneburg ein Wechsel eintrete. So geschah es. Ohne daß die Betreffenden Kenntniß erhielten, wurden die Decrete vollzogen, und ehe sie eingehändigt worden waren, trat eines Nachmittags der langjährige Freund, Obergerichtsrath Rang von Marburg, bei dem Dechant von Amöneburg ein mit dem Casseler Moniteur, der die Veröffentlichung der Versetzung Kött's nach Cassel enthielt.

Man braucht kein großer Psycholog zu sein, um zu ermessen, welchen Eindruck die Außerachtlassung des gemeinen canonischen Rechtes, das durch Fuldaer Particular-Gewohnheit nicht geradezu als beseitigt betrachtet werden konnte, auf eine rechtliebende Seele und der Gedanke an die Trennung von einer reinkatholischen Gemeinde und an die Uebersiedelung in eine der schwierigsten Stellen auf das Herz eines liebenden und geliebten Pfarrers machte. Kött brachte indessen das Opfer des Gehorsams als guter Priester, und auch von diesem Gehorsam sollte gelten, was bei dem Opfer Abrahams gesagt wurde, in ihm sollten Viele gesegnet werden.

Ende Januar hatte der Dechant von Amöneburg sein am 14. desselben Monats ausgestelltes Decret erhalten, das ihn zum Dechant von Cassel ernannte, und am Sonntage Septuagesima stand er auf der Kanzel, um anknüpfend an das Evangelium des Tages vom Hausvater, der ausging, Arbeiter in seinen Weinberg zu miethen, von seinen theuren Pfarrkindern in den herzlichsten Worten Abschied zu nehmen.

Am zweiten Fastensonntage finden wir den Dechant auf der Kanzel zu Cassel, wo er seine neuen Pfarrkinder anredete. Zum Vorspruch hatte er sich die Stelle I. Petr. 1 — 3 gewählt und hielt mit Bezug auf diese Worte des Apostels eine ergreifende Predigt über die Sendung des Priesters, deren Eingang und Schluß heute noch nicht aus der Erinnerung der Zuhörer ver=

schwunden sind. Die Liebe und das Vertrauen, um das er in dieser Ansprache seine Parochianen gebeten, hatte er sich bald erworben, aber bald wurde er auch die Schäden gewahr, an denen Viele derselben in Mitte der Andersgläubigen litten. In einigen Briefen an seinen hochwürdigsten Bischof verbreitete er sich über diese Uebelstände, und der Oberhirt wußte ihn in seinen vortrefflichen Antwortschreiben im Eifer zu bestärken, zur Ausdauer zu ermuntern, erbetene Aufschlüsse zu ertheilen und sprach bei der Erwähnung seines nahen Todes die Hoffnung aus, ihn zum Nachfolger zu erhalten.

Während der Dechant-Pfarrer mit der ihm eigenen Standhaftigkeit an der Heiligung der ihm anvertrauten Seelen arbeitete und auch das Kleinste nicht unbeachtet ließ, flößte der Geist Gottes vielen Angehörigen der Gemeinde eine innige Frömmigkeit und werkthätige Liebe, insbesondere aber jene Eintracht und Anhänglichkeit ein, welche die guten Katholiken unter sich und mit ihren Geistlichen wie die Glieder einer Familie verband und bis auf den heutigen Tag diese Gemeinde vor vielen anderen, die in gleichen Verhältnissen leben, noch auszeichnet. So entschieden kirchlich die Haltung des katholischen Pfarrers zu Cassel gewesen war, so gut gestalteten sich durch sein persönliches Auftreten seine Beziehungen zu den Andersgläubigen und insbesondere zu den Behörden, die ihn alsbald zum Mitgliede der Stadtschul- und Armen-Commission machten und sich aufrichtig ihm gegenüber aussprachen: „Grade das ehren wir an Ihnen, daß Sie sich fest an Ihre Grundsätze halten". Ein Beweis dafür, daß man ohne Anstoß seine Principien fest und treu zu bewahren im Stande ist, wenn man nur die richtige Form sich zu wählen weiß. Diese schöne Wiedergeburt der Gemeinde vollzog sich vor den Augen eines Hofes, der die Traditionen Philipp des Großmüthigen bewahren zu müssen und darum den Katholiken nicht sonderlich hold sein zu dürfen glaubte, und zu einer Zeit, in welcher der Ronge-Spectakel gerade an solchen Orten entfesselt zu sein pflegte, im Jahre 1848, in dem die Auctorität in allen ihren Trägern so gelitten hatte. Die ganze Haltung des katholischen Dechanten verfehlte nicht, ihn auch dem Landesherrn genehm zu machen, und das war eine weise Fügung Gottes. Im Anfang des Jahres 1848 — den 3. Januar — trat zum größten Leidwesen der ganzen Diöcese Fulda ein, was der

Bischof dem Dechanten in einem Briefe angedeutet und einige Monate vorher bei seinem letzten Besuche scheidend in seinem dem Dechant ertheilten Segen mit eingeflochten hatte: Johann Leonard wurde aus dieser Zeitlichkeit abberufen, um die verdiente Krone aus der Hand Gottes zu empfangen. Aber auch das Andere sollte in Erfüllung gehen, was er bei derselben Gelegenheit über seinen Nachfolger bemerkt hatte. Gemäß der Bulle Ad Dominici gregis custodiam schritt das Domcapitel in Monatsfrist zur Aufstellung der Liste der Candidaten für den erledigten Sitz, unter deren Namen sich auch der des Dechanten Christoph Florentius Kött befand, und am 29. März zur eigentlichen Wahl, welche mit Stimmenmehrheit auf den Genannten fiel. Nachdem die Wahl dem harrenden Clerus und Volke in der Cathedrale sofort verkündet worden war, ging dem Gewählten von Seiten des Decan's des Capitels die Mittheilung zu, daß die göttliche Vorsehung ihn zur Uebernahme des beschwerlichen Hirtenamtes zum Besten der Diöcese Fulda berufen habe. In seiner würdevoll und zugleich demüthig gehaltenen Antwort vom 3. April nahm er die Wahl an.

Nicht so schnell erfolgte indessen die Bestätigung der Wahl durch den hl. Vater Pius, der sich von Rom geflüchtet hatte. In den Kriegs-Unruhen waren auf der Post die Actenstücke der Wahl abhanden gekommen, und diese selbst war nicht ganz der Bestimmung der Bulle gemäß vor sich gegangen. Die Liste enthielt nämlich als Candidaten die Herren Domcapitular Hohmann, Domcapitular und Seminarregens Dr. Laberenz und Dechant Kött. Und da nur drei Candidaten dem Regenten namhaft gemacht worden waren, so befand sich entweder dieser in der Unmöglichkeit, von seinem Rechte Gebrauch zu machen, eine etwaige mißliebige Persönlichkeit zu streichen; oder einer der beiden Capitularen in der Unmöglichkeit, eine eigentliche Wahl zu treffen. Nachdem jedoch dieser von der hessischen Regierung nicht beanstandete Mangel vom apostolischen Stuhle sanirt war, wurde im Monate Juli durch ein Schreiben des Nuncius Sacconi in München der Erzbischof von Freiburg mit der Führung des Informativ-Processes beauftragt, der seinerseits den Fuldaer Domdechanten Bonif. von Kempff subdelegirte.

Diese Verzögerung war gerade in jenem Jahre doppelt unangenehm, da auf den 21. October die Versammlung des hochwürdigsten Episcopats von ganz Deutschland in Würzburg angesetzt war, die bis zum 16. November währte. Jeder deutsche Katholik wird nun dankbar anerkennen, was diese Conferenz an der Schwelle einer neuen Aera für die Kirche Deutschlands gewesen ist, wie sie drohende Gefahren von der Kirche und dem Vaterlande abgewendet und das, was neben diesen Gefahren die Zeit Großes und Segensreiches bot, zur Ehre Gottes und zur Förderung seines Reiches auf Erden gebrauchte. Zeugniß legen ab die Erneuerung des Clerus durch die vorher vernachlässigte hl. Ascese, durch öftere Beichte, durch Pflege der Liturgie und der hl. Exercitien; Zeugniß geben die zahlreichen religiösen Genossenschaften, die sich der Krankenpflege und dem Unterrichte weihen; Zeugniß die kirchlichen Vereine, die unter der Aufsicht der Bischöfe den verschiedensten Bedürfnissen dienen; Zeugniß die Provinzial- und Diöcesan-Synoden, die nach dem dortigen Plane gehalten wurden. Aber auch damals fühlte man allenthalben das Gute, was aus dieser Versammlung hervorgehen werde, und in Fulda empfand man es schmerzlich, daß die Diöcese nicht vertreten sei, und war besorgt, daß sie von dem Pulsschlage des kirchlichen Lebens unberührt bleiben möge. Deshalb bemühte sich das Domcapitel, daß der Neuerwählte, wenn auch noch nicht vom hl. Vater bestätigt, dennoch als Vertreter des Bisthums Zutritt fände, und seine Bemühungen waren nicht fruchtlos. Kött erhielt die Einladung zur Theilnahme und folgte ihr freudig. Doch wollte er sich nicht äußerlich der Reihe der Bischöfe anschließen, sondern nahm seinen Platz unter den anwesenden Theologen, noch weniger wollte er sich förmlich an den Discussionen betheiligen, sondern nur hören und in sich aufnehmen, was der hl. Geist durch die Reden der Bischöfe kundgab. Durch diese Bescheidenheit und Anspruchslosigkeit, die ihm sein Leben lang eigen blieb, gewann er das Wohlwollen aller Kirchenfürsten, noch mehr aber die Gnade Gottes, welche diese Versammlung zur fruchtbaren Grundlage werden ließ für seine künftige bischöfliche Wirksamkeit. Am 11. Dezember wurde endlich der neue Bischof von Fulda von Pius IX. im Consistorium zu Gaëta präconisirt. Die Nachricht traf zwar bald in Fulda ein und erregte freudige Sensation, die Originalbullen aber, die vom Agenten wegen des hohen Porto's von c. 80 Scudi nicht der Post, sondern der

Spedition übergeben wurden, ließen lange auf sich warten. Es wurde daher die Frage in Fulda und in Briefen an den Erzbischof von Freiburg discutirt, ob auf die bloße amtliche Mittheilung der Präconisation oder auf die von einem Cardinale sidemirte Abschrift der Bullen hin die Consecration erfolgen dürfe; und als man endlich schlüssig geworden, zu dem hl. Acte zu schreiten, da trafen den 2. April 1849 die Bullen ein und wurden dem Bestätigten, dem Capitel, dem Magistrate der Stadt und den übrigen Betheiligten übergeben. Damit der Clerus sich, wie er wünschte, betheiligen könne, wurde die Consecration nicht auf einen Sonntag festgesetzt, sondern auf den 1. Mai, das Fest der Apostel Philippus und Jacobus.

Nachdem der Consecrandus schon früher in dem Pfarrhause zu Diestedte unter Leitung des Dr. Westhoff die geistlichen Uebungen gehalten hatte, brachte er an dem ersten Tage des schönen Marienmonates in seiner Weihe, die von dem ehrwürdigen Metropotiten Herman von Vicari unter Assistenz des Bischofs von Würzburg und des dazu mit Facultäten versehenen Domdechanten von Kempff vorgenommen wurde, sich völlig dem Herrn zum Opfer, indem er auf alle Freuden verzichtete und einzig nur den Hirtensorgen des erhabenen Amtes, der Förderung alles Kirchlichen, zu leben beschloß, nach den Worten: „Rectorem te posuerunt? curam habe!" und theilte seinen Entschluß in seinem ersten Hirtenschreiben vom 1. Mai 1849 den Priestern und Gläubigen seiner Diöcese mit.

## Der Bischof.

Die erste und vorzüglichste Sorgfalt eines Bischofs wird sich immer seinem Clerus zuwenden. Sind ja die Priester die Mitarbeiter des Bischofs, der sich ihrer in allen Theilen seiner bischöflichen Wirksamkeit zu bedienen genöthigt ist. So that es auch Christoph Florentius. Er kannte seine Geistlichen, ihren festen Glauben und kirchlichen Sinn, und aus eigener Erfahrung belehrt, entging es ihm nicht, daß die bisher unbekannten geistlichen Uebungen einen trefflichen Boden bei ihnen finden würden. Darum beschloß er sofort, seinen Clerus im Seminare zu versammeln, damit der um die Sache der Exercitien in ganz Deutschland hochverdiente Dr. Westhoff die ewigen Wahrheiten unserer hl. Religion ihm vortragen und ihn auf die gewissenhafte Erfüllung seiner Standespflichten unter Hinweis auf das erhabene Beispiel des obersten Priesters Jesu Christi aufmerksam machen könne. Zwar entsprach es seinen Grundsätzen nicht, irgend einen Zwang in dieser Angelegenheit auszuüben, aber er ließ die Priester dringend dazu einladen, die Zeit des Heils nicht vorübergehen zu lassen; er zog sie durch sein Beispiel heran, da er, so lange es ihm sein Gesundheitszustand erlaubte, sich selbst an den hl. Uebungen betheiligte und als er es nicht mehr vermochte, es sich nicht nehmen ließ, sie wenigstens feierlich zu eröffnen oder zu beschließen.

Zu den ersten Exercitien im Spätsommer 1849 kamen denn auch sehr Viele, und in späteren Jahren wuchs die Zahl der Theilnehmer immer mehr. Es bildete sich unter denselben eine Praxis, die auf den Leiter der hl. Uebungen nicht minder den Eindruck der Erbauung machte, als auf die Coexercenten selbst. Es erbaute der geistliche Talar, in dem Alle zu den Exercitien erschienen, die Pünktlichkeit, mit der sie die Tagesordnung befolgten und das musterhafte Stillschweigen, das sie gleich Alumnen auf das Gewissenhafteste beobachteten, die Aufmerksamkeit auf die Lesung bei Tisch und auf die Vorträge der Betrachtungspuncte, die Regelmäßigkeit, mit der das Brevier in der Seminars-Kapelle gebetet und die Andacht, mit der das Miserere im Chore der anstoßenden Domkirche gesungen wurde, vor allem aber die Schlußfeierlichkeit, zu der Alle processionaliter in die Gruft des hl. Bonifacius hinabstiegen. Es läßt sich denken, welchen segensreichen Einfluß diese fortgesetzten hl. Uebungen, die meistens von den Vätern der Gesellschaft Jesu geleitet wurden, auf die Priester der Diöcese ausübten, indem sie den Geist erneuerten und gute Vorsätze weckten.

Um jedoch gründlicher und nachhaltiger, als es sich durch Exercitien erreichen läßt, auf die Bildung seines Clerus einzuwirken, richtete der Bischof sein Augenmerk auf die Erziehungsanstalt desselben, das Seminar, das er nach reiflicher Ueberlegung und nach den nöthigen baulichen Einrichtungen zur Aufnahme der Zöglinge im Jahre 1852 neu organisirte und durch eine untere Abtheilung erweiterte. Und weil gerade dieses Werk das vorzüglichste seines Episcopates genannt zu werden verdient, dem er sein Leben lang und auch in seinem letzten Willen noch seine Liebe zuwandte, weil es einzig in Deutschland dastand und bei dem neuesten Kirchenstreit Erwähnung finden muß, so gebührt es sich, dasselbe etwas ausführlicher zu behandeln.

Das Fuldaer Seminar hat eigentlich aus dem Munde des hl. Bonifacius seinen Segen erhalten, indem dieser über seine neue Gründung dem Papste Zacharias sagte, sie solle eine Pflanzstätte apostolischer Arbeiter für ganz Deutschland sein. Der Segen der Heiligen bleibt nie wirkungslos. Als darum die Abtei aufhörte, für die Ausbildung von Ordenspriestern nach Außen zu wirken, da wurde wieder ein Seminar — das päpstliche — durch Papst Gregor XIII. und Abt Balthasar von Dernbach eingerichtet, das unter der Leitung der Jesuiten hundert Alumnen bürgerlicher und adeliger Abkunft aus Westphalen, Rheinland, Sachsen, Franken und Schwaben zählte und für die Erhaltung der Kirche leistete, was das erste zur Ausbreitung derselben gewirkt hatte. Und als auch dieses zweite Seminar im Jahre 1752 dem ersten Fürst=Bischof als Diöcesan=Seminar überlassen, nach der Aufhebung der Gesellschaft Jesu erst von Exjesuiten, dann von Welt=Priestern geleitet und mit der Säcularisation durch Tausch wieder auf den hl. Boden des Benedictiner=Convents versetzt wurde, diente es auch da noch den Theologie=Studirenden vom Eichsfeld, aus Nassau und Baden als eine Zufluchtsstätte kirchlicher Erziehung, deren sie stets mit Dank gedachten. Mit einer dieser Geschichte entsprechenden Pietät hingen die Diöcesan=Priester und insbesondere die geistlichen Räthe Komp und Pfaff an dieser Anstalt, und in jener Zeit, in welcher die berühmte Mainzer Schule der theol. Facultät zu Gießen weichen mußte, war die geistliche Oberbehörde zu Fulda nicht dazu zu bewegen, daß sie ihre Theologen nach Marburg wandern ließ, um dort einen Leander van Eß und Multer zu hören, die man bereits dahin berufen hatte. Allein mit der Einrichtung der bischöflichen Seminare in den restaurirten Bisthümern blieben die auswärtigen Convictoren aus und die Diöcese Fulda selbst lieferte mit der Zeit immer weniger Alumnen, da der Beruf zum Priesterthum an den staatlichen Gymnasien wenig oder gar nicht geweckt wurde, oder, wo er vorhanden war, leicht verloren ging. Bei der geringen Zahl der Studirenden ließ sich eine systematische Ordnung der theologischen Studien nicht durchführen und auch die geistliche Erziehung nur mit Schwierigkeiten erzielen, die man in zahlreich besuchten Seminarien nicht kennt. Die natürliche Folge dieses Zustandes würde mit dem Jahre, in dem der Bischof seine Regierung antrat, die gewesen sein, daß man aus anderen Diöcesen Studirende hätte heranziehen müssen, die man von dort als entbehrlich hätte ziehen lassen. Welche Perspective in die Zukunft!

Christoph Florentius beschloß daher mit dem bisherigen Seminare als oberen Abtheilung, in der die philosophischen und theologischen Disciplinen gelehrt wurden, eine untere Abtheilung mit Gymnasial=Unterricht — das sog. Knabenseminar in organische Verbindung zu bringen. Fordert es schon die Rücksicht auf die pädagogische Einheit im Allgemeinen, daß in der Hand desjenigen, der die körperliche, sittliche und religiöse Ausbildung leitet, auch die intellectuelle, d. h. die Berechtigung, den Unterricht zu ertheilen liege; so ist dies bei der Heranbildung zu einem speciellen Stande mit besonderen schwierigen Pflichten, wie sie dem Priester obliegen, noch bringender geboten. Das ist wenigstens die Anschauung der Kirche, die sich in den Seminarien aller außerdeutschen Länder zu erkennen gibt und auf dem Kirchenrathe zu Trient sess. 25. c. 18. ausgesprochen findet. Hier stellt das Concil die Erziehung und Bildung des Clerus als eine der vorzüglichsten Obliegenheiten des bischöflichen Amtes hin und verlangt, daß dieselbe von frühester Jugend auf unter den Augen des Bischofs beginnen und ganz und gar, auch in Bezug auf den Unterricht, in den Händen der Kirche ruhe, die einzig und allein für die sittliche und wissenschaftliche Tüchtigkeit ihrer Priester verantwortlich gemacht wird. „Da das jugendliche Alter", das sind die Worte des Kirchenrathes, „zu den Sinnengenüssen der Welt so geneigt ist, und wenn es nicht von zartester Kindheit an, bevor noch sündhafte Leidenschaften das ganze Herz des Menschen in Besitz genommen haben, zur Gottesfurcht und Frömmigkeit angeleitet wird, ohne außerordentliche und fast wunderbare Hilfe des allmächtigen Gottes in der Sittenstrenge kirchlicher Disciplin nie vollkommen ausharren wird; so bestimmt die heilige Synode, daß alle Kathedral=Kirchen gehalten sein sollen, Seminarien zu errichten, in welchen Knaben, die Hoffnung bieten, daß sie zum Priesterstande berufen sind, schon vom zwölften Jahre an, wenn sie die nothwendigen Vorkenntnisse besitzen, aufgenommen und unter der Aufsicht des Bischofs von seeleneifrigen Priestern er zogen und unterrichtet werden".

Daß indessen diese Bestimmung des Concils nicht veraltet sei, sondern für die Gegenwart mehr noch als in der Vergangenheit ihre Ausführung fordere, zeigt ein Blick auf unsere Zeitlage, in der die Gefahren der Jugend in der Welt für ihren Glauben nicht minder als für ihre Sittenreinheit weit größer sind und der Einfluß der Kirche auf die Schulen immer unbedeutender geworden, ja auf Null reducirt ist. Christoph Florentius waren die Worte Pius IX. so recht aus der Seele gesprochen, mit denen dieser um jene Zeit ein Clerical=Seminar eröffnete. „Wenn immer", sagt der hl. Vater, „eine ganz besondere Wachsamkeit und Sorgfalt nothwendig war, daß die, welche unter der Fahne des Herrn zu streiten wünschten, eine fromme und heilige Erziehung und die beste wissenschaftliche Bildung erhielten; so ist es einleuchtend, wie viel dem Staate sowohl als der Kirche daran gelegen sein müsse, daß dieses heilsame Werk mit doppeltem Eifer in der gegenwärtigen Zeit betrieben werde, wo es das Wohl der Kirche mehr denn je erheischt, daß ein Priesterstand heranwachse, der mit jeglicher Tugend geschmückt ist und durch eine gesunde und gründliche Wissenschaft sich auszeichnet."

Da nun das Gymnasium zu Fulda im Widerspruch mit der Vergangenheit, in welcher es nach Abzug der Jesuiten unter dem Fürstbischofe Heinrich v. Bibra gewissermaßen dem Seminare incorporirt wurde, dem bischöflichen Einflusse ganz und gar entzogen, ja sogar des katholischen Characters mehr und mehr entkleidet worden war, blieb dem kirchlichgesinnten Bischof nichts anderes übrig, als gestützt auf sein gutes Recht, das ihm die in Hessen geltenden canonischen Satzungen und namentlich die Errichtungsbullen des Bisthums verliehen, auch in der neu hinzugefügten unteren Abtheilung eigenen Unterricht durch von ihm bestellte Diöcesanpriester geben zu lassen, wenn er sich auch nicht verhehlen konnte, daß er gerade dadurch einen ernstlichen Kampf mit der Staats-Regierung hervorrufen würde. Ohne mit der kurfürstlichen Regierung in Communication zu treten, nahm der Bischof den 3. November des Jahres 1852 15, 2—3 Jahre lang durch Privatunterricht vorbereitete Knaben im Alter von 14—15 Jahren in das Seminar als erste Classe auf, die der Untertertia der Gymnasien entspricht, und damit hatte der Ausbau des Seminars nach dem Plane des Concils von Trient begonnen. Dieser vollbrachten Thatsache gegenüber sah sich nun das Ministerium veranlaßt, seinerseits die Verhandlungen mit dem Bischofe zu eröffnen, und es ließ demselben durch den landesherrlichen Commissär am Bisthum, den Geheimen Regierungsrath Rang, den 11. Dezbr. mittheilen, es gestehe zu, daß der Bischof das Recht habe, auch schon vor der practischen Ausbildung im Seminare Unterricht zu ertheilen, und man sei deshalb nichts weniger als gewillt, gegen die Errichtung des Knaben-Seminars und die Ertheilung des Unterrichts sich auszusprechen, man habe aber wenigstens Anzeige darüber erwartet und erwarte auch jetzt noch Erklärungen, wie die gesetzlichen Bestimmungen rücksichtlich der Maturitäts-Prüfung Beachtung finden sollten.

Unter dem 28. Dezember gab der Bischof die Antwort. Er begründete sein Recht durch den Hinweis auf das Concil von Trient und die gesetzlich verkündete Bulle Ad dominici gregis custodiam, sowie durch die Noth, für den Nachwuchs des Clerus zu sorgen. Uebrigens, schrieb er, seien ihm gesetzliche Vorschriften nicht bekannt, die ihn an der Ausübung seiner wichtigsten bischöflichen Pflicht, die Priester im Sinne der Kirche heranzubilden hinderten; indessen unterbreite er dem Ministerium den Studienplan und die Statuten der Anstalt und erkläre sich bereit, durch eine kirchliche Commission eine strenge Prüfung vorzunehmen und deren Resultat dem Ministerium auf Verlangen zuzuschicken.

Die von dem Bischof angeregte kirchliche Prüfungs-Commission wurde indessen nicht genehmigt, sondern eine gemischte vorgeschlagen, die aus staatlich geprüften Lehrern des Seminars, dem Director des Gymnasiums und einem Regierungs-Beamten bestehen solle, wie am 10. October 1853 der landesherrliche Commissar am Bisthum, Regierungs-Director Heppe, schrieb: „Man sei zwar" — so heißt es in dem Schreiben— „völlig außer Stande, eine Berufung auf die Beschlüsse des Concils von Trient als irgendwie bestimmend für die Regierung in Beziehung auf die Errichtung von Knabenseminarien anzuerkennen, und müsse daher den sehr bestimmten Wunsch aussprechen, in den einschlagenden Verhandlungen einer solchen Berufung künftig nirgends mehr zu begegnen, dagegen aber würden der Errichtnng und dem Bestand des Knabenseminars Hindernisse nicht entgegen gesetzt werden, wenn die für die beiden unteren Classen desselben bestimmten Lehrer sich der durch das Ausschreiben des Staatsministeriums vom 15. November 1827, die für die oberen Classen bestimmten Lehrer aber der für die Gymnasial-Lehrer angeordneten practischen Prüfung vor den dazu gesetzlich bestehenden Behörden und die Schüler des Knabenseminars bei ihrem Austritte aus demselben, bezw. ihrem Eintritte in das Priesterseminar einer den Vorschriften für die Maturitätsprüfungen vollständig entsprechenden Prüfung vor den für befähigt erklärten Lehrern der oberen Classes des Knabenseminars unter dem Vorsitze und der Leitung des Gymnasial-Directors sowie eines weiter von der Regierung zu bestimmenden Beamten unterziehen würden, niemals aber ein Lehrer an dem Knabenseminar angestellt werde, welcher in der bezeichneten Prüfung nicht vollständig Genüge geleistet hätte, auch kein Zögling des Knabenseminars Aufnahme im Priesterseminar fände, welcher nicht die bemerkte, der Maturitätsprüfung analoge Prüfung mit Erfolg bestanden haben würde. Man sehe der Ausführung dieser Einrichtungen dahin in kürzester Frist entgegen, daß die vorhandenen Lehrer des Knabenseminars der erwähnten Prüfung sich noch vor Ablauf des Jahres unterzögen."

Waren auch die Offerten der kurfürstlichen Regierung nicht so ungünstig, so glaubte der Bischof, sie doch nicht annehmen zu dürfen, weil sie die Wahl und den Wechsel der in der untern Abtheilung anzustellenden Lehrer erschwert, für die von jeher freie Ernennung der Docenten der oberen ein gefährliches Präjudiz geschaffen und — was ihm am wichtigsten schien — immerhin die kirchliche Freiheit in der Heranbildung des Clerus geschädigt haben würden.

Am 8. Dezember übersendete er daher ein Schreiben, in dem er ausführte: Die Lehrer im bischöflichen Seminar vertreten den Bischof, der durch sie seinen Clerus lehrt und erzieht. Dem Bischof müsse es daher einzig zustehen, zu beurtheilen, welche Eigenschaften zum Unterricht und zur Erziehung der Seminaristen erforderlich seien, und wer dieselben besitze. Ein **staatliches** Maturitätsexamen könne von solchen nicht begehrt werden, die sich zunächst auf den Kirchendienst vorbereiteten. Dies seien die Anschauungen, die der **deutsche** Episcopat in Würzburg und der **oberrheinische** zu Freiburg entwickelt habe, und von diesen Grundsätzen wie von denen des Concils von Trient werde er nicht abgehen, so lange er als Katholik und Bischof athme.

Das Ministerium ließ hinwieder dem Oberhirten die Mittheilung machen, daß es auf seiner Forderung bestehen müsse, eine Berufung auf die Anerkennung der Bulle Ad Dominici gregis custodiam nicht statthaft finde, indem notorisch die §§ V u. VI derselben die Anerkennung der Regierungen derjenigen Staaten, welche die oberrheinische Kirchenprovinz bilden, niemals erlangt hätten, und den Bischof ersuche, einen Conflict zu vermeiden, der auf diesem Gebiete so gewiß zum Nachtheile der Kirche ausfallen müsse, als Conflicte innerhalb der Sphäre des kirchlichen Lebens nur zu deren Vortheil gereichten. „Indem ich hiernach" — schließt das Rescript — „um eine weitere baldgeneigte Mittheilung der Deroseitigen Entschließung ergebenst zu ersuchen mich beehre, habe ich schließlich Ew. Hochwürden noch zu eröffnen, daß man diesseits nicht gemeint gewesen sei, Denselben die Unterordnung unter die Beschlüsse des Concils von Trient zu verwehren, daß man aber darauf bestehen müsse, daß Ew. Hochwürden eine Berufung auf jene Beschlüsse der Regierung gegenüber in keinem Falle eintreten lassen werde."

Dem Versuche des Ministeriums, die Verbindlichkeit der §§ V u. VI der obengenannten Bulle in Abrede zu stellen, begegnete der Bischof im Schreiben vom 28. Mai 1854 durch den Hinweis auf die Natur des Vertrags, die eine theilweise einseitige Außerachtlassung nicht gestatte, sowie durch den Bezug auf das Breve des Papstes Pius VIII. vom 30. Juni 1830: Pervenerat non ita pridem, das auch den genannten Paragraphen öffentliche Geltung sichere, und auf die Garantie des Bestandes der katholischen Kirche überhaupt und des Rechtes ihrer Verfassung, das die Geltung der Concilien auch in Betreff der Erziehung des Clerus als eines sehr wesentlichen Punktes in sich schließe, und erklärte, daß er ohne den hl. Vater keine Aenderung eintreten lassen könne. Die Reihe der rücksichtlich des Trienter Concils gemachten Bemerkungen schloß er in treffender Weise: „Was schließlich die mir seitens Ew. Hochwohlgeboren gemachte Eröffnung betrifft, wonach mir die Unterordnung unter die Beschlüsse des Concils von Trient unverwehrt, dagegen die Be=

rufung auf dieselben der Regierung gegenüber unstatthaft sein soll, so vermag ich wohl kaum, mein Verhalten in Gemäßheit desselben zu bemessen. Ich verlange ja nichts Anderes, als mich in der Ausübung meines bischöflichen Amtes den canonischen Vorschriften bezw. den Beschlüssen des Concils von Trient besonders in der vorliegenden Angelegenheit ohne alle Behinderung unterordnen zu dürfen. Ist nun dieses nach dem guten Rechte, das mir zur Seite steht, gestattet, dann kann und darf man mich aber auch ebensowenig in der Erfüllung der Pflichten, die sie mir auferlegen und in der Ausübung der Jurisdictions=Gewalt, die sie mir einräumen, hindern, als man den Hinweis und die Berufung auf diese Vorschriften und Beschlüsse in gegebenen Fällen unstatthaft finden kann."

Nach dieser Erörterung beruhte im Ganzen genommen diese Angelegenheit, bis mit den preußischen Maigesetzen des Jahres 1873 die Katastrophe über alle Seminarien hereinbrach.

Während der Bischof in der erwähnten Weise der Regierung gegenüber das Seminar als rein kirchliches Institut über 20 Jahre zu erhalten wußte, war er bemüht, auch im Innern die Absichten der Kirche zu erreichen durch eine solide wissenschaftliche und religiöse Ausbildung der Zöglinge. Die Studien anlangend, hatte man anfänglich vier Jahre zur Vorbereitung auf die Philosophie und Theologie berechnet, auch wollte man sich mehr der älteren Methode anschließen, welche die Thätigkeit der Schüler auf wenigere Fächer concentrirt und sich der naturgemäßen Entwicklung der geistigen Fähigkeiten anpaßt, indem sie die abstractes Denken fordernden Lehrgegenstände, wie die Mathematik, mehr auf das den philosophischen Fächern dienende Biennium verschiebt. Allein bald überzeugte man sich, daß im Interesse der von der Anstalt zu Gymnasien übertretenden Schüler eine Aenderung des allzu isolirten Lehrplans wünschenswerth sei, und der Bischof hielt es für gut, denselben mehr und mehr nach dem der Gymnasien einzurichten und zur Erreichung desselben Lehrzieles und unbeschadet des zweijährigen philosophischen Cursus fünf Jahre anzunehmen, die bei der nur in einer solchen Anstalt möglichen Ausnützung der Zeit leicht die bezüglichen sechs Jahre des Gymnasiums zu ersetzen im Stande sind. Während dieser Zeit wurden die Zöglinge in den classischen Sprachen durch gründliche Erklärung der Grammatik und Einübung derselben in einschlägigen schriftlichen und mündlichen Exercitien und durch die Lectüre der Schriftsteller: des Cäsar, Ovid, Livius, Virgil, Cicero, Horaz, Tacitus, des Xenephon (Anabasis und Cyropaedie), Homer (Odyssee und Ilias) Demosthenes, Plato, Sophocles hinreichend gefördert. In der deutschen Sprache erhielten sie Unterricht über die Formenlehre und Syntax der Grammatik, die Lehre vom Versbau, vom Reime, von den Dichtungsarten, Literaturgeschichte der mittelalterlichen Poesie und der Neuzeit, Grammatik der alt= und der mittelhochdeutschen Sprache, Rhetorik und dem Unterricht entsprechend machten sie schriftliche Uebungen: Nacherzählen, Beschreibungen, Uebertragungen poetischer Stücke in Prosa, selbstständige Ausarbeitung leichter Themate, Aufsätze nach Dispositionen, Chrien, Dialoge, Charactere, Parallelen, Betrachtung und Abhandlung; Declamation und Lectüre wurden nicht vernachläßigt. In der französischen Sprache hatten sie Grammatik, Exercitien, Lectüre des Telémaque, Charles XII., Bossuet's Oraisons funèbres. In der Mathematik erlernten sie die allgemeine Arithmetik, die Zahlensysteme, Theilbarkeit der Zahlen, Decimalbrüche, Verhältnisse, Proportionen, Lehre von den Potenzen und Wurzeln, Gleichungen vom 1. Grade mit einer Unbekannten, Logarithmen, Gleichungen vom 1. Grade mit mehreren Unbekannten, Gleichungen des 2. Grades, Progressionen Kettenbrüche, Reihen, diophantische Gleichungen, combinatorische Operationen, den binomischen und polynomischen Lehrsatz, die Wahrscheinlichkeits=Rechnung, Binomialcoefficienten, figurirte Zahlen; die Geometrie, vom Dreieck, Kreise, von der Gleichheit und Berechnung ebener Figuren, den pythagoräischen Lehrsatz mit den allgemeinen Grundlagen und Erweiterung desselben, die Proportionalität der Linien, Aehnlichkeit der Drei= und Vielecke, Umfang und Inhalt ähnlicher Figuren, Proportionen beim Kreise, Umfang und Inhalt regulärer Figuren, Rectification und Quadratur des Kreises, Transversalen des Dreiecks, harmonische Puncte, Potenzlinien des Kreises, Trigonometrie, geometrische Constructionen, Stereometrie, sphärische Trigonometrie und überall die entsprechenden Aufgaben; in der Naturkunde Botanik, Zoologie, Wirbelthiere und Gliederthiere, besonders Insectenlehre, Weich=, Strahl= und Urthiere, Mineralogie, Crystallographie, anorganische Chemie, Experimentalphysik. In der Geschichte gab man ihnen das Alterthum, Mittelalter, die Neuzeit zuerst mit allen zur Gymnasial=Bildung erforderlichen Kenntnissen der wichtigsten Personen, Ereignisse, Jahreszahlen, und sodann in ausführlicher Darstellung der Begebenheiten und des Zusammenhangs; in der Geographie die Oceane, die 5 Erdtheile, europäische Staaten, Deutschland, Oesterreich. In der Religion legte man den trefflichen Deharbe'schen Katechismus zu Grunde und suchte ihn zweimal mit Berücksichtigung der Verstandesentwicklung durchzunehmen und zu erweitern. Durch diesen Unterricht wurden die Zöglinge zum selbstständigen Studium vorbereitet und nachdem sie für reif befunden waren, zu den philosophischen und theologischen Studien zugelassen, auf welche gleichfalls fünf Jahre verwendet werden. Da werden Logik, Metaphysik, Psychologie, Ideenlehre, natürliche Theologie, Ethik, Naturrecht, Eudämonologie, Aesthetik, und Geschichte der Philosophie vorgetragen, auch noch, wenn die Umstände es erlauben, griechische und lateinische Philosophen gelesen; mathematische Physik, Meteorologie, mathemathische

Geographie und astronomische Zeitrechnung, Berechnung der Finsternisse, Algebraische Analysis, sphärische Trigonometrie, Anfangsgründe der analytischen Geometrie, Kegelschnitte, Gleichungen vom 2. Grade mit mehreren Unbekannten, kubische und biquadratische Gleichungen gelehrt. Dazu treten die hebräische Grammatik, Biblische Archäologie, Hermeneutik, Einleitung in die hl. Schrift, die Kirchengeschichte und Patrologie, die Exegese des A. und N. Testaments, Apologetik, Fundamentaltheologie, specielle Dogmatik mit Dogmengeschichte, Moral und Kirchenrecht, Homiletik, Katechese, Pastoral, Pädagogik, Geschäftsstil, Predigt-Uebungen und Kritik, Liturgik und Uebung der hl. Ceremonien sowie des Cantus Gregorianus. Konnten auch auf diesen Plan wegen äußerer Umstände, wie Priestermangel, nicht immer und überall volle fünf Jahre verwendet werden, so wurde doch stets das Wesentliche erreicht. Vorsteher und Lehrer waren ernstlich bemüht, die Anstalt immer mehr zu vervollkommnen, und die Seminaristen waren von einem Wissensdurste getrieben, der meist mehr des Zügels als des Spornes bedurfte.

Diese wissenschaftliche Thätigkeit wurde getragen durch eine wahrhaft musterhafte Ordnung und ein Stillschweigen, das in Anbetracht der Jugend selbst bei Kennern Bewunderung erregte; sie wurde gehoben durch eine gesunde Frömmigkeit, der es ein Bedürfniß war, den Geist der Weisheit sich kindlich von Gott zu erflehen, die hinwider ihre Nahrung empfing durch passende Exhortationen und schöne Andachten. Wie Glieder einer Familie verkehrten die Seminaristen mit ihren Obern und Lehrern, die ihrerseits der kindlichen Aufrichtigkeit mit väterlicher Sorge entgegen kamen, und um ihnen als Muster vorzuleuchten, auf Vieles opferwillig verzichteten. Es sei hier nur des Directors der unteren Abtheilung, des Freiherrn Clemens von Korff gedacht, der von Anfang an bis zum Ende derselben in ihr mit aller Hingebung thätig war.

Dabei wurden die Zöglinge ihren Familien keineswegs entfremdet, da sie dreimal des Jahres im Schooße derselben Ferien hielten. Bei jeder Heimkehr konnte das Vater- und Mutterauge die freudige Wahrnehmung machen, daß der Sohn, ohne von den Gefahren der Zeit berührt worden zu sein, sich sichtbar zu seinem Besten entwickelt und daß namentlich seine Liebe zu den Eltern offenbar gewonnen habe. Immer mehr wuchs das Vertrauen der Eltern zu einer Anstalt, der ihre Kinder Liebe zuwendeten, die sie den Eltern nicht entzogen; und Eltern und Kinder bewahrten dem Seminar auch dann noch ein dankbares Andenken, wenn diese, was nicht selten der Fall war, in die Welt eintraten, weil sie sich zur Uebernahme der Pflichten des geistlichen Standes nicht berufen fühlten, und dort den Werth ihrer Erziehung schätzen lernten. „Sie sind wie Novizen," äußerte sich Mancher, der gekommen war, ihnen die h. Uebungen zu geben; und so ziemte es sich auch, weil das Seminarium das Noviziat für den ernsten schwierigen Beruf des Weltpriesters ist. Und selbst der Episcopat Deutschlands freute sich über diese kirchliche Anstalt, wie der hochwürdigste Herr Bischof von Paderborn in der Trauerrede am Grabe des verstorbenen Amtsbruders sprach: „So oft wir deutschen Bischöfe am Grabe des hl. Bonifacius versammelt waren, hatten wir Gelegenheit, den Geist dieser Anstalt, ihrer Lehrer und ihrer Zöglinge mit Augen zu sehen, uns daran zu erbauen, dem edlen Oberhirten zu derselben Glück zu wünschen, ja wir hätten ihn beneidet, wenn der Neid uns erlaubt wäre."

Die Hoffnungen des Bischofs wurden nicht getäuscht, seine Bemühungen reichlich belohnt. Viele Priester gingen aus dem Seminar hervor, so daß er alle Stellen zu besetzen in der Lage war: und sie alle blieben treu ihrem Glauben, rein in ihren Sitten, eifrig in ihrem Wirken. Mit dankbarem Aufblick zum Himmel freute sich der Oberhirt, daß Gott Seinen Segen gegeben habe, und seine vorzüglichste Sorge ging nun dahin, durch persönlichen Verkehr mit seinen Priestern, den älteren wie den jüngeren, darauf zu wirken, daß diese mit jenen in größter Einheit lebten und sich im Guten erhielten. Gar oft schrieb er persönlich oder ließ außeramtlich durch Andere Kenntniß geben, wenn irgendwie das Wohl des Priesters oder der ihm Anvertrauten es zu erheischen schien. Auf seinen Visitationsreisen wußte er sich mit Allen, oft unter vier Augen zu besprechen, wenn er es für nöthig erachtete, auf einen Fehler aufmerksam zu machen oder zu einem guten Werke zu ermuntern; und in seiner Curie sah er gerne alle seine Geistlichen, ja er konnte es übel nehmen, wenn er von der Anwesenheit eines derselben hörte, ohne daß er sich ihm vorgestellt hatte. Wer immer ihn besuchte, dem kam er mit der größten Herablassung entgegen, zog ihn an seinen Tisch, an dem er die leutseligste Unterhaltung mit der nützlichsten zu verbinden verstand, oder suchte ihm sonst eine Freundlichkeit zu erweisen, so daß Jedermann gestärkt und getröstet von ihm ging. Alle behandelte er mit der zartesten Rücksicht und mit wahrhaft väterlicher Liebe. Wie oft sagte er nicht: „Eigentlich sollte ich hier strenge sein, aber die heutige Zeit kann es nicht vertragen!" Deshalb klang es in der Diöcese Fulda mehr noch als sonst befremdlich, wenn man die Phrase vom Drucke des niederen Clerus hörte. In dieser war der ganze Clerus, vielleicht ohne jegliche Ausnahme, seinem Bischofe auf's Engste verbunden, nicht nur durch den Glauben an die Weihe und die von Christus überkommene Gewalt desselben, sondern auch durch die Liebe, mit der Alle seiner Person ergeben waren.

Neben der Säcular-Geistlichkeit gibt es in der katholischen Kirche noch den Regular-Clerus, und auch in Fulda, das dem letzteren seine Entstehung und Blüthe verdankt, hatten sich, nachdem die Jesuiten aufgehoben, die Benedictiner und Kapuziner säcularisirt waren, noch die Franziscaner-Recollecten erhalten, deren Klöster auf dem Frauenberge und zu Salmünster noch die Reste der Provinz der hl. Elisabeth bildeten. Von Seiten der geistlichen Behörde hatte man zur Zeit der Säcularisation geltend gemacht, daß sie als Hilfspriester für die Seelsorge unentbehrlich seien, und im Falle ihrer Aufhebung die Gründung nicht weniger Pfarreien und anderer Seelsorgerstellen für den Staat eine unabweisbare Nothwendigkeit sein würde. Zur Zeit, in der Christoph Florentius den bischöflichen Stuhl bestiegen hatte, waren diese Ordensleute von den Einflüssen der Zeit nicht ganz frei geblieben: sie hatten Eigenthum, die Clausur wurde nicht strenge beobachtet, die Regeln in der Praxis nicht befolgt, ja geradezu in neue „Instructionen" umgewandelt, selbst die Kleidung in Farbe und Stoff verändert. Wenn auch der Bischof für die Fortdauer dieses Zustandes nicht unmittelbar verantwortlich war, da die Ordensleute seiner Jurisdiction nicht unterstanden; so mußte er sich doch sagen, daß er als Wächter alles kirchlichen Lebens seiner Diöcese dem Papste Mittheilung zu machen verpflichtet sei. Das that er denn auch alsbald im ersten Jahre seiner Regierung, und Pius IX. glaubte, dem ehrwürdigen Orden des hl. Franciscus in Fulda nicht besser emporhelfen zu können, als wenn er dem neuen Bischof die außerordentlichen Vollmachten eines Visitator Apostolicus verleihe.

So schwer es nach dem übereinstimmenden Urtheile aller Sachkundigen ist, ein Kloster zu reformiren; so sehr muß man der Klugheit Desjenigen Anerkennung zollen, dem es ganz in der Stille gelingt, wie es hier der Fall war. Es fanden sich unter den Franciscanern einige Elemente, die sich sehr nach einer Besserung und nach der Rückkehr zur Strenge ihrer Regel sehnten. Vor Allen war dies P. Franciscus Gensler, der mit dem Namen auch den Geist des hl. Ordensstifters in vorzüglichem Grade besaß, eine wahrhaft seraphische Seele; dazu gehörten die PP. Leonard Malkmus und Rudolf Keller, die in Würzburg ihre Studien gemacht hatten, nebst P. Maximilian Kircher, der in Westfalen den guten Geist eingesogen hatte. Mit dem Erstgenannten, seinem Beichtvater, besprach sich zunächst der Bischof und überzeugte ihn, daß er, so vielen Schwierigkeiten er auch immer begegnen möge, dem Werke der Reform sich weihen müsse. Er werde den beiden Klöstern zum Obern gegeben werden. Vor Allem suchte der Bischof begreiflich zu machen, daß es seinem Rechtsgefühle widerstrebe, einen kirchlichen Orden seiner Selbstständigkeit zu berauben, und seinem Gefühle, unklug Ordensleute zu einem strengen Leben anzuhalten, das er in der Welt lebend selbst nicht befolge; sodann versicherte er sie seiner Verehrung, die ihn gegen den hl. Orden erfülle, in den sie Gott berufen habe, um sich zu heiligen, und seiner Liebe, die nur das Beste der Klöster anstrebe. Rührend sind gewiß die Worte, die einem am 11. Dezember 1853 datirten Briefe entnommen sind: „Die Geduld, welche ich bisher hinsichtlich unserer klösterlichen Angelegenheiten bewiesen, müßte wohl bald reißen, wenn meine Liebe zu den beiden Klöstern nicht so groß und stark wäre, daß sie mich bestimmen könnte, lieber mich unter ihren Trümmern begraben zu sehen, als sie zu verlassen, so lange noch ein Strahl der Hoffnung für ihre Erhaltung leuchtete, und wenn ich nicht eben diese ihre Erhaltung als eine meiner heiligsten Pflichten ansähe." Nachdem er die Ordensleute so mit seinen Anschauungen und Absichten hinlänglich bekannt gemacht hatte, verband er die Klöster mit der westfälischen Provinz ad s. Crucem die in bestem Zustande war, und als diese Verbindung von der kurhessischen Regierung angefochten wurde, löste man sie zwar, erwirkte sich aber das Zugeständniß, daß die jüngeren Brüder dort ihre Studien machten und ihre Erziehung erhielten. Einigen Patres verlieh der Bischof Stellen in der Seelsorge, Anderen, denen die Befolgung der strengen Regel zu schwer war, wurden unbeschadet der Ordnung der Communität die nöthigen Ermäßigungen ohne Engherzigkeit gestattet.

Kaum war der Orden wieder im Besitze seiner alten Regel, die Armuth in voller Uebung, die Clausur wieder hergestellt, die strengen und langen Fasten wieder eingeführt; kaum ertönte in die Stille der Mitternacht die Glocke zur Matutin im Chore der Kirche: da erwachte der Beruf in vielen Jünglingen, und auch aus dem Seminare folgten nicht Wenige dem Triebe nach höherer Vollkommenheit, so daß sich die Zahl der Ordensleute bedeutend mehrte und neue Niederlassungen zu Ottbergen in der Diöcese Hildesheim, Stetten in der Erzdiöcese Freiburg preußischen Antheils, zu Marienthal in der Diöcese Limburg begründet werden konnten. Neue Thätigkeit trat zur früheren Wirksamkeit im Beichtstuhle und auf der Kanzel des Klosters, des Domes und der sonn- und festtäglich excurrendo besorgten Gemeinden: Missionen wurden gehalten, Exercitien gegeben und wiederholt der neu aufblühenden Provinz der hl. Elisabeth ein Mitglied entnommen, auf daß es im Auftrage des P. General andere Provinzen der üblichen Visitation unterziehe. Beim Anblick dieses Segens von oben freute sich der Bischof von Herzen, daß seine außerordentlichen Vollmachten, von denen er einen so rücksichtsvollen Gebrauch gemacht hatte, nicht mehr erforderlich seien, und in seinem kirchlichen Sinne überließ er lange vor seinem Tode die Provinz ihrer eigenen Verwaltnng. Beim Tode des Bischofs konnte der würdige P. Custos Aloysius Lauer nicht umhin, dem Schreiber dieser Blätter zu bekennen: „Wir haben ihm viel zu danken; wir wollen die ersten sein, die ihm das feierliche Todtenamt halten zur Ruhe seiner Seele."

Außer den beiden Mannsklöstern besitzt die Diöcese Fulda auch einige Frauenorden und Congregationen, meist aus alter Zeit; und weil die Kirche in diesen auserlesenen jungfräulichen Seelen ihre Zierde erkennt, so erachtete der Bischof es für seine heilige Pflicht, diesem kostbaren Theile seiner Heerde vorzügliche Hirtensorge angedeihen zu lassen.

Das Benedictinerinnen-Kloster ad s. Mariam zu Fulda, das aus dem Reste der Revenüen der außerhalb der Stadt gelegenen, im Bauernkriege zerstörten Klöster Ronnenrod, Blankenau und Thulba unter Abt Bernard Schenk von Schweinsberg im dritten Jahrzehnt des 17. Jahrhunderts gegründet wurde, entging im Jahre 1803 der Säcularisation nur dadurch, daß es sich anheischig machte, die Mädchenschule der Dompfarrei zu übernehmen. Theils durch die dem beschaulichen Orden nicht ganz entsprechende Thätigkeit, theils durch den Zeitgeist, dem auch die Klöster nicht immer widerstehen, lockerte sich auch hier die Disciplin. Die Clausur wurde nicht nach canonischen Vorschriften strenge gehalten, das Brevier in deutscher Sprache gebetet, und auch hier schadete das Eigenthum in kleinen Dingen dem Gelübde der Armuth und dem gemeinschaftlichen Leben. Obwohl mit aller Rücksicht, die nie außer Acht gelassen wurde, so doch auch mit aller Entschiedenheit ging der Bischof an's Werk der Neugestaltung. Die Anschauungen der Nonnen über ihre Bestimmung wurde in den geistlichen Uebungen geklärt, der gute Wille angeregt; bei der Wahl der Priorin, so weit es zulässig ist, dahin gewirkt, daß sie auf die geeignetste und würdigste Persönlichkeit fiel; mit den ältesten Jungfrauen mild und schonend verfahren, und mit der Zeit kam Alles in Ordnung, selbst die Clausur, die durch die nur mit vielseitigem Nachtheile zu trennende Schule kaum gestört wird; und gewissermaßen zum Lohne der Bereitwilligkeit der Nonnen fügte es Gott, daß sie mit der letzten politischen Umgestaltung noch von einigen lästigen Beschränkungen befreit wurden. Als bleibendes Denkmal des guten Sinnes und der Entsagung der Mitglieder des Convents verkündet die aus den Ersparnissen stilgemäß vollzogene Restauration der Klosterkirche der Gegenwart und den kommenden Geschlechtern, daß in Klöstern die Rückkehr zum inneren Leben die Leistungen nach außen hin bedingt. Gleich wie die Klosterkirche selbst bei ihrer Erbauung nicht so harmonisch erschien, wie jetzt nach ihrer Vollendung, so mag auch das religiöse Leben der Nonnen nie auf einer höheren Stufe sich befunden haben, als es dermalen der Fall ist; weshalb die Nonnen ihren Bischof Christoph Florentius als ihren zweiten Gründer betrachten.

Auf dem geheiligten Boden Fritzlar's befindet sich aus dem vorigen Jahrhundert ein Kloster der Ursulinerinnen, das sich der Bildung der weiblichen Jugend weiht und neben der städtischen Mädchenschule ein früher viel und weither besuchtes

Pensionat für Töchter höherer Stände besitzt. Zu Mainzer Zeiten kam einst ein Commissär in dieses Kloster und forderte von den versammelten Nonnen die Rosenkränze, die sie denn auch weinend und zitternd zusammenbrachten. Darum ist es nicht zu verwundern, wenn ein gewisser weltlicher Sinn zur Geltung gelangte, und man es nicht ungern sah, wenn zu den katholischen Mädchen zahlreiche protestantische kamen, um von den geistlichen Jungfrauen erzogen zu werden. Als jedoch das Wehen des hl. Geistes, das mit dem Ende des fünften Jahrzehntes über Deutschland hinging, auch dieses Kloster berührte, da bethätigten die Bewohner desselben einen überaus guten Willen, der sie trieb, Alles auf's Beste nach ihren Regeln zu ordnen und möglichst vollkommen einzurichten. Persönlich so arm, daß sie in Ermanglung anderer Mittel dem hl. Vater das letzte Silberzeug als Peterspfennig sandten, war es eine Freude für sie, mit großen Kosten ihre Kapelle neu erbauen zu lassen, und ihr Pensionat ganz nach den Wünschen der Kirche einzurichten. Es wurde ein wahres Musterkloster, bevorzugt von den Priestern der Gesellschaft Jesu, die ihm gerne Exercitienmeister sandten: hochgeschätzt von seinem Bischofe, der seine Bemühungen für dasselbe so reichlich belohnt sah.

Auch die Congregation der Englischen Fräulein, denen im vorigen Jahrhunderte die Mädchenschule der Stadtpfarrei zu Fulda zu leiten übertragen wurde, hatten sich der Pflege des Bischofs zu erfreuen, und so ungünstig auch die häusliche Einrichtung auf das Communitäts-Leben einwirkte, so haben doch auch sie ihre Wirksamkeit erweitert durch den Bau eines Pensionats und die Errichtung einer höheren Töchterschule.

Der Bischof Christoph Florentius müßte nicht das Allen bekannte liebevolle Herz für die Armen und Nothleidenden gehabt haben, wenn er nicht die barmherzigen Schwestern vom hl. Vincenz von Paul, die sein in Gott ruhender Vorgänger auf dem bischöflichen Stuhle Johann Leonard im Jahre 1834 von Straßburg berufen hatte, in seine besondere Obhut genommen haben würde. Gerne vertraute er den Schwestern kirchliche Anstalten, wie die Rettungsanstalt von Sannerz, an und begünstigte die Verbreitung der Schwestern in anderen Instituten, die bürgerlicher Obrigkeit unterstanden. Mehr und mehr war er auf Förderung ihres innerlichen Lebens bedacht, aus der die von ihrem Berufe unzertrennliche Opferwilligkeit ihren Ursprung nimmt; als bessere Unterlage des geistlichen Lebens gab er der Genossenschaft eine festere canonische Organisation, war immer darauf bedacht, ihr Terrain für ein Mutterhaus zu beschaffen, wie es nicht schöner gewünscht werden kann, um ihre Zukunft zu sichern, und verschaffte ihnen das staatliche Corporationsrecht, das ihnen nach vielen immer vergeblichen Versuchen zur Zeit der preußischen Administration verliehen wurde. Ist auch keine großartige Anstalt an dem Mutterhause erstanden, wie dies an vielen anderen Orten zu sehen ist, und sind auch mit Ausnahme der grauen Schwestern in Eisenach keine neuen Congregationen, an denen die Kirche in den letzten Decennien so fruchtbar war, berufen worden; so hatte dies darin seinen Grund, daß dem Bischofe ein allzu großes Vertrauen auf die göttliche Vorsehung an Vermessenheit zu streifen schien und er die armen Bewohner seiner Diöcese nicht zu sehr mit Ansprüchen belasten wollte, weshalb er sich auch mit auswärtigen Sammlern gewöhnlich auf seine Kosten abfand. Die traurige Lage so vieler geistlicher Jungfrauen der Gegenwart rechtfertigt seinen Grundsatz nur allzusehr; für ihn aber bleibt der größere Ruhm, alte Klöster unvermerkt und glücklich mit dem besten Geiste beseelt zu haben.

Um auf das gläubige Volk, zu dessen Erbauung der Bischof sich der ordentlichen Thätigkeit des von ihm mit so vieler Sorgfalt gehobenen Säcular- und Regular-Clerus und in außerordentlicher Weise der von den Jesuiten, Franziscanern und Capuzinern gehaltenen Missionen bediente, auch unmittelbar einzuwirken, gebrauchte er die beiden Mittel, welche ein altehrwürdiges Herkommen der Kirche den Oberhirten zuweist, die Hirtenbriefe und die Visitationen.

Bei Abfassung seiner Hirtenbriefe hatte Christoph Florentius so recht die Heiligung seiner Diöcesanen im Auge. Mit Vorliebe wählte er Stoffe, die auf das innere Leben der Gläubigen Bezug haben. Er behandelte die Nothwendigkeit der Selbstkenntniß und Selbstverläugnung, er suchte eindringlichst und wiederholt nach dem Beispiel des Herrn und der Apostel das Gebet zu empfehlen, den Glauben, die Hoffnung und die Liebe zu befestigen, den Geist der Reue und der Buße zu erwecken, den hohen Werth der heiligmachenden Gnade vorzuführen und dgl. — immer in einer klaren, für seine Leser und Zuhörer bemessenen Sprache. Da seiner tiefen Demuth eine im Stillen und Verborgenen sich bewegende Wirksamkeit mehr zusagte, vermied er, in seinen Hirtenschreiben Gegenstände zu besprechen, welche die äußeren Verhältnisse der Kirche betreffen, mithin mehr das politische Gebiet berühren und für weitere Kreise, als die Grenzen einer kleinen Diöcese, berechnet sind. Von diesem gleich im Anfange seines Episcopats eingeschlagenen Verfahren wollte er auch in der letzten Zeit, in welcher diese Fragen brennender wurden, um so weniger abgehen, als er sich in Betracht der vielen zeitgemäßen diese Materie behandelnden Broschüren von einer Verpflichtung hiezu dispensirt hielt. Wer jedoch die Art, wie er Zeitfragen zu behandeln wußte, und die väterliche Liebe, mit der er über dieselben zu seinen Bisthumsangehörigen sprach, durch ein Beispiel kennen zu lernen wünscht; der lese die Worte, mit denen er im verflossenen August die jüngste Aufforderung des hl. Vaters zum Gebete begleitete; sie bekunden sein unerschütterliches Vertrauen auf Gott, sowie seine gläubige Anhänglichkeit an die hl. Kirche.

Das gleiche Ziel verfolgte er bei seinen Visitationen, auf denen er eine wahrhaft apostolische Thätigkeit entfaltete. Meist alle drei oder vier Jahre kam er in die einzelnen Pfarreien, oft auch in Filialorte. Von den Gemeinden freudig und feierlich abgeholt oder empfangen, redete er die Versammelten sogleich in einer Ansprache liebevoll an; des anderen Tages hielt er ein solennes Hochamt, verkündete das Wort Gottes in einer längeren Predigt und firmte die Kinder; des Nachmittags wohnte er der Marienandacht bei, die er durch eine auf sie bezügliche Anrede zu beleben wußte, und des andern Tages besuchte er nach einem Todtenamte für die Verstorbenen der Gemeinde mit allen ihren Angehörigen den Kirchhof, um die Absolutio tumuli vorzunehmen. Da stand der Oberhirt im bischöflichen Ornate auf den Gräbern der theuren Hingeschiedenen mitten unter seinen lieben Diöcesanen und hielt eine Predigt über die letzten Dinge oder einen andern passenden Stoff, so erschütternd durch seine Erscheinung und durch sein Wort, daß die guten Seelen tief ergriffen die Thränen nicht zurückzuhalten vermochten, und viele Priester bekannten, es sei der Erfolg mit den Wirkungen einer Mission zu vergleichen; so sichtbar gab sich die gehobene Stimmung zu erkennen. Dabei verwendete er die Zwischenzeit auch zu persönlicher Rücksprache für Alle, die ihrem Bischofe ihr Herz zu eröffnen wünschten, oder zu Besuchen bei Jenen, denen er diese Auszeichnung erweisen zu müssen glaubte. Die Tage der Visitation gestalteten sich zu wahren Festtagen, an denen Jeder die Arbeit ruhen ließ, um nur in der Nähe seines Bischofs zu weilen. Und diese Thätigkeit, die sich nach der Aeußerung eines berühmten Kirchenfürsten nicht lange aushalten läßt, setzte er volle 24 Jahre hindurch unter den größten körperlichen Anstrengungen und Leiden fort, und unterließ sie nicht, selbst wenn er krank und von Schmerzen gequält die Abreise hatte antreten müssen. So that er es noch bei seiner Firmungsreise in die neuen Decanate Hilders und Orb, wo er gerade durch die ununterbrochene Hingabe an seinen Beruf und durch sein freundliches Entgegenkommen alle Herzen für sich gewann und an den neuen Bischofssitz fesselte; so zuletzt zu Hattenhof, wo er, obgleich bis zum Tode erblaßt und ermattet, Amt und Predigt hielt und die hl. Firmung spendete; so hoffte er es anfänglich auf seinem Krankenlager auch noch mit der Firmungsreise in's Hanau'sche halten zu können, die er nur ungern auf acht oder vierzehn Tage hinausschieben ließ. Es war eben seine Freude und ein Ersatz für die mannigfachen Betrübnisse des bischöflichen Amtes, das andächtige gläubige Volk zu sehen, zu ihm zu reden, es zu heiligen.

Heutzutage läßt sich — wenigstens in Städten — die Seelsorge kaum mehr wirksam betreiben, wenn man nicht Bedacht nimmt auf das katholische Vereinsleben. Das entging dem Hirtenauge des Bischofs Kött nicht, und darum wußte er die Priester zu ermuntern zur Leitung aller Vereine, wie sie aus dem fruchtbaren Schooße der Kirche hervorgingen: der Sodalität, des Casino, des Meister=, Gesellen= und Jünglings=Vereins, des Vereins der christlichen Mütter, der Jungfrauen, des Kindheit=Vereins, des Paramenten=, Elisabethen=, Vincentius=Vereins, des Bonifacius= und Missions=Vereins u. s. w., der Bruderschaft zum hl. Herzen Mariä, welche fast alle Diöcesanen umfaßt, wie der zum göttlichen Herzen Jesu und des Gebetsapostolats. Er selbst hielt am Feste der hl. Elisabeth, dieser großen Heiligen der Diöcese Fulda, für den Vincentius= und Elisabethen=Verein sowie am Stiftungsfeste des Gesellenvereins jedes Jahr bis zu seinem Tode Ansprache und Hochamt und ließ sich kein Opfer zu groß sein, um die Vereine auch materiell sicher zu stellen durch regelmäßige Spenden und durch Schenkung bedeutender Summen, z. B. zum Ankaufe des Gesellenhauses.

Als erfreuliche Folgen dieser gesammten Wirksamkeit unter den Gläubigen ist die Verschönerung des Gottesdienstes, der Kirchen und Kapellen anzusehen, die der Bischof gemeiniglich durch große Spenden anzuregen oder zu fördern suchte, sowie die Frequenz der hl. Sacramente in der ganzen Diöcese, wie in der Stadt Fulda, woselbst im Dome 27,000 und darüber, in der Stadtpfarrkirche 15,000, um die Hospitalkirche, die Nonnen= und Severikirche und die Kapellen einiger Genossenschaften zu übergehen, in der Franziscanerkirche am Frauenberge an 30,000 Communionen jährlich gereicht werden, ferner auch die zahlreichen Vocationen zum Priesterthum und Ordensstande, denen die heimathliche Diöcese nicht zu genügen im Stande ist.

Auch auf die Ausbreitung der Kirche, beziehungsweise auf die Befriedigung der religiösen Bedürfnisse der Katholiken in der Diaspora Kurhessen's und Sachsen=Weimar's war Christoph Florentius bedacht. Zu Bockenheim, Hersfeld, Rinteln und Züntersbach wurden Seelsorgerstellen und Schulen eingerichtet, nachdem an diesen Orten, wie zu Vacha, vorher geeignete Räumlichkeiten zu passender Stunde erworben und Kirchen beschafft worden waren.

---

So apostolisch das Wirken des Bischofs unter seinen Diöcesanen war, deren Jeder ihn persönlich als seinen guten Hirten wohl kannte; so frei er mit den Geistlichen verkehrte und ihre Wünsche hörte und zu ihrer Erfüllung Anordnungen traf: so hielt er doch grundsätzlich darauf, daß die Verwaltung der Diöcese ihre Stabilität bewahre durch seine Behörde — das bischöfl. General=Vicariat. Ja, es war seine vorzügliche Sorge, dasselbe zu heben und in jeder Beziehung den staatlichen Stellen ebenbürtig zu machen. Doch wahrte er auch hier seine Selbstständigkeit, so daß man in Wahrheit hätte sagen können, er sei das General-Vicariat gewesen. Ihm kamen alle Einläufe zu, er öffnete dieselben, er behielt sich vor, was er nicht oder nicht sofort zur Kenntniß Anderer kommen lassen wollte, sei es zum Besten der Sache oder der betreffenden Personen, und vertheilte die Arbeiten an die Räthe. Zu jeder Sitzung schleppte er selbst seinen kranken Körper und fürchtete nicht die Erkältungen, die er fast regelmäßig im Sitzungssaale sich holte. Da er alle Verhältnisse der Diöcese aus eigener Anschauung kannte und große Geschäftsgewandtheit, juridische Bildung und scharfes Urtheil besaß, so traf er in der Berathung stets den Kern der Sache und die beste Entscheidung. Er übernahm gerne die wichtigsten Arbeiten und ließ kaum einen Beschluß von Bedeutung in die Diöcese oder an die Behörden gelangen, ohne daß er ihn seiner Einsicht und gar oft auch einer eingreifenden Durchsicht unterzogen hätte.

Ein besonderes Auge hatte er auf die Vermögens-Verwaltung. Die Diöcese Fulda ist arm; und so opferwillig auch ihre Armen sind, so ging es doch dem theilnehmenden Herzen des Bischofs zu nahe, ihnen große Opfer zuzumuthen. Deßhalb suchte er die Fonds durch weise Haushaltung zu heben: hier diese Kirchenfabrik in den Stand zu setzen, eventuell einen auf ihr lastenden Neubau zu bestreiten, oder die Gründung einer nöthigen Stelle zu ermöglichen, dort die Seminar-Mittel zu erhöhen und sie zur Förderung ihrer wichtigen Zwecke zu befähigen, dort wieder eine milde Stiftung in's Leben zu rufen oder eine bestehende zu Kräften kommen zu lassen — kurz, obgleich er aus seinem Vermögen mit vollen Händen austheilte zur Verwunderung Aller, die nicht fassen konnten, wie solche Freigebigkeit bei seiner kleinen Mensa möglich sei; so pflegte er bei Ausgaben aus Kirchenfonds, wie er öfters selbst sagte, zu hungern, um die kirchlichen Mitteln zu erwerben, ohne die eben nichts geschehen kann. Mag diese Sparsamkeit bei Manchem nicht die günstige Beurtheilung erfahren, die sie verdient, weil vielleicht manche vermeintlich nothwendige Anschaffung unterblieb, oder weil man bei der herrschenden feindseligen Stimmung der Regierung fürchtete, es möge die Freiheit der Verfügung über das Kirchenvermögen beschränkt oder dasselbe säcularisirt werden; das wird Jedermann zugestehen müssen, daß nichts Nothwendiges, Nichts, was besonderen Nutzen hätte stiften können, unterblieb, selbst wenn es große Kosten forderte, und daß eben die Armuth sich manche Entbehrungen aufzulegen genöthigt ist, wenn sie sich einigermaßen der Dürftigkeit entreißen will.

Die schönste Anlage des Kapitals war dem Bischofe der rechtzeitige Erwerb von Grundbesitz; und hiebei nahm er vorzügliche Rücksicht auf den Ankauf veräußerter Kirchengüter, die durch ihre Geschichte schon für die Diöcese von Interesse waren. Zum Beispiele diene die Acquisition der ehemaligen Propstei Sannerz, wo sich die Rettungsanstalt für Knaben befindet, und die an den Dom und das Seminar anstoßende Domdechanei, die in sich so herrliche Räumlichkeit bietet und durch die Bestimmung für eine katholische Universität noch größere Bedeutung erhält.

Um die Art der Geschäftsführung näher vor Augen zu führen, erwähnen wir zwei einzelne Actionen, die allein schon die bischöfliche Verwaltung Christoph's Florentius für das Bisthum Fulda ewig denkwürdig machen: die Regelung der Patronatsverhältnisse und die Vergrößerung der Diöcese durch die Decanate Orb und Hilders. Seit der Säcularisation hatte man die Patronatsfrage ungelöst gelassen und sich mit einem Provisorium begnügt, das mit der neuen Circumscription sachlich und räumlich dahin erweitert wurde, daß dem Bischof die Ernennung aller Pfarrer des Kurfürstenthums unter der Bedingung überlassen wurde, daß er sich bei der Staatsregierung vergewissere, ob der Betreffende eine mißliebige Persönlichkeit sei. Dieser Zustand war insofern erträglich, als es bei so mancher Pfarrei fraglich war, ob sie liberae collationis sei, und die Ausführung unter damaligen Verhältnissen nicht erschwert war, da der Staat in der Zeit von Errichtung des Bisthums an bis 1866 nur zweimal die Person des zu Ernennenden beanstandete. Indessen war dieser Modus nicht der canonische und mit anderen Unzukömmlichkeiten verbunden. Deshalb wählte der Bischof, als die inzwischen an die Stelle der kurfürstlichen getretene königlich preußische Regierung die Alternative anbot, entweder es beim bisherigen Stande zu belassen, oder in Unterhandlung behufs Feststellung des Patronats zu treten, ohne Bedenken das Letztere. Er begründete eingehend seine Ansprüche auf die einzelnen Pfarreien, so weit es geschehen konnte, wogegen der Oberpräsident von Möller principiell die staatliche Auffassung darlegte, und acceptirte den angebotenen Vergleich, nach welchem der Staat sich das Präsentationsrecht auf die Pfarreien Cassel, Marburg, Hanau, die Stadt- und Dompfarrei zu Fulda vorbehielt, während alle übrigen in Hessen gelegene Pfarreien nebst noch anderen Vortheilen dem Bischofe eingeräumt wurden. Der Bischof glaubte mit der Annahme des Vertrages nicht zögern zu dürfen, knüpfte aber an dieselbe die Bitte, daß man im Hinblick auf die besondere Beziehung der Domkirche zum Bischof und dem Domcapitel, die eine für den Bischof unbeschränkte Wahl der Persönlichkeit überaus wünschenswerth erscheinen lasse, von dem Patronatsrechte rücksichtlich der Dompfarrei absehen möge. Als auch dieses zugestanden war, erhielt die Convention die Genehmigung des Königs und wurde dem hl. Vater vorgelegt. In gleicher Weise wurden auch im Juli 1872 die Patronatsverhältnisse der Decanate Orb und Hilders geordnet, indem der Staat auf das Präsentationsrecht für Aufenau, Oberndorf und Wirtheim verzichtete und sich nur Orb und Hilders vorbehielt.

Die Vereinigung der beiden genannten Decanate mit dem Bisthum Fulda trug sich in folgender Weise zu. Im Friedensinstrumente, das dem Bruderkriege 1866 ein Ende machte, hatte der König von Bayern die Bezirke Gersfeld und Orb mit herrlichen Waldungen an den König von Preußen abgetreten, wogegen dieser sich anheischig gemacht hatte, entweder für die kirchlichen Verhältnisse der übernommenen Pfarreien selbst zu sorgen oder an den Kosten der Würzburger Diöcese pro rata Theil zu nehmen. Zur Ausführung des Ersteren wurde an den Bischof von Fulda ganz unerwartet preußischer Seits die Frage gerichtet, ob in pastoraler Beziehung Hindernisse beständen, daß die ehemals bayerischen Pfarreien die Diöcese Fulda übernehme. Obgleich es nun einleuchtet, daß die Vergrößerung einer kleinen Diöcese durch nahe gelegene stammverwandte Gemeinden die Hindernisse der Pastoration eher vermindert, und obgleich ein Theil der fraglichen Pfarreien noch vor kaum einem halben Jahrhundert vom Bisthume Fulda erst losgetrennt worden waren; so gestattete dem Bischofe Kött sein natürlicher Tact und kirchliches Bewußtsein dennoch keine andere Antwort, als die, daß zwar keine Hindernisse der Pastoration beständen, jedoch diese Angelegenheit einzig von dem hl. Vater ressortire.

Als der Hochwürdigste Herr Bischof Georg Anton auf dem Vaticanischen Concil zu Rom, von seinen Diöcesanen und vielen Anderen tief betrauert, vom Tode ereilt wurde, da säumte Papst Pius IX. im Interesse der Kirche nicht, die Pfarreien von ihrem bisherigen Bisthume Würzburg loszulösen und sie der Fuldaer Diöcese zuzuschreiben. Zur Ausführung des betreffenden Consistorial-Decretes wurde der Domdechant Dr. Laberenz zu Fulda subdelegirt und mit den nöthigen Vollmachten ausgestattet. Es geschah dies den 29. August 1870. Aus Klugheit, vor dem Vollzuge die erforderlichen Leistungen — im jährlichen Betrage von c. 4700 Thlr. — von Seiten der preußischen Staatsregierung an das Bisthum sicher gestellt zu sehen, wartete man ein ganzes Jahr und schritt endlich den 14. September 1871 zur Ausführung des Willens des hl. Vaters, indem der Subdelegat des Apostolischen Stuhles die verschiedenen Decrete ausfertigte, durch welche die Gläubigen jener Distrikte von Würzburg getrennt und Fulda adscribirt, die bezüglichen Pfarrer aber von dem Acte in Kenntniß gesetzt wurden. Um seine neuen Diöcesanen, Geistliche wie Laien, zu begrüßen und zugleich, wenn es nöthig wäre, zu beruhigen, richtete der Bischof an sie ein Hirtenschreiben, das seine Wirkung nicht verfehlte, und als der Bischof unter seinen neuen Kindern erschien, um in seiner oben geschilderten Weise zu ihnen zu reden und ihnen die Segnungen der Kirche zu spenden; da hatte er alle Herzen gewonnen, so daß im Juni des folgenden Jahres erbauliche Processionen aus dem Decanate Orb zum Grabe des hl. Bonifacius pilgerten und dem Bischof in seiner Capelle — der herrlichen Michaelskirche — gewissermassen seinen Besuch erwiderten, den er in der ihm eigenen freundlichen Weise entgegennahm.

Das war die Art des Bischofs Kött zu verwalten. Rastlos verfolgte er die großen Ziele, ohne das Kleine zu übersehen. Nach dem Worte Gottes: „Wenn Jemand seinem eigenen Hause nicht vorzustehen weiß, wie wird der für die Kirche Gottes sorgen? ein getreues Abbild der eigenen Haushaltung, in welcher sich sein Auge gleichfalls auf Alles richtete. Wie er indessen in seiner Häuslichkeit zurückgezogen — fast ein Einsiedler auf dem Michaelsberge — lebte, so beschränkte er sich auch in seinem bischöflichen Amte, so weit es geschehen konnte, auf seine Diöcese, die er denn auch in Allem wohlgeordnet zurückließ. Doch auch die Ausnahmen, die ihn zu einer die Grenzen seines Bisthums überschreitenden Wirksamkeit veranlaßten, waren zu Gunsten seiner Bischofsstadt. Wir haben ihn als Erwählten auf der Versammlung des deutschen Episcopats zu Würzburg beobachtet und seine Bescheidenheit, die ihm verbot, sich an den Erörterungen der Bischöfe zu betheiligen, erwähnt: er machte eine Ausnahme, indem er im Anschluß an die Verhandlung über die Unterrichtsanstalten und eine zu errichtende katholische Universität auf Fulda hinwies, für das er später die deutschen Bischöfe und den hl. Vater gewann und durch den Ankauf der passendsten Räumlichkeiten die einstige Hochschule sicherte. Denn eine katholische Idee stirbt nicht, und die Idee einer freien kirchlichen Universität ist in dieser stürmischen Zeit ihrer Verwirklichung näher als vorher, weil jetzt die Hoffnung gegründeter ist, daß das einzige Hinderniß, der Schulzwang, früher fallen werde. Das elfhundertjährige Jubelfest des glorreichen Martyriums des hl. Bonifacius nahte heran: Christoph Florentius wußte es zu einem wahren Segen für Deutschland und insbesondere für Fulda zu machen, indem er die Bischöfe Deutschlands, ja selbst Cardinäle, zum Grabe des Heiligen einlud, deren Einer, der Apostolische Legat Viale Prelà, dem Schreiber dieses Lebens die mitgenommenen Eindrücke schilderte: „Dieses Volk hat uns gepredigt; der Bischof ist ein wahrer Vater seiner Diöcese." Auf diesem Feste reifte der Entschluß periodischer Zusammenkünfte der deutschen Bischöfe am Grabe des Apostels der Deutschen in der Form der Exercitien, denen später die Conferenzen folgten. Wie war es doch ein Schauspiel für Engel und Menschen, die Kirchenfürsten des 19. Jahrhunderts, gleich Alumnen gesammelt, in den Gängen und Gärten des Seminars sich bewegen zu sehen, in brüderlicher Liebe verbunden! Wie wurde der Name Fulda's genannt nicht nur in Deuschland und Europa, sondern innerhalb und außerhalb der ganzen katholischen Welt, als die Denkschriften und Hirtenbriefe offenkundig wurden! Wer immer unter den Fuldaern sein Auge von verblendender Parteileidenschaft frei bewahrt hat, der wird bekennen müssen, daß Bischof Kött Fulda's historischem Namen neuen Glanz verliehen und kirchliche Ideen angeregt hat, die wie in der Vergangenheit so auch in der Zukunft selbst das materielle Interesse seiner Bewohner fördern werden. Bei der letzten dieser Zusammenkünfte wurde am 1. Mai dem guten Bischof eine Ehre zu Theil, wie sie noch keinem Hierarchen Fulda's erwiesen worden ist. Persönlich begaben sich die hochwürdigsten Bischöfe Preußens zu ihm, um ihm zum Jahrestage seiner Consecration ihre Glückwünsche darzubringen. Wie war die Demuth des Mannes Gottes beschämt, und doch wieder sein katholisches, die Amtsbrüder hochehrendes Herz erfreut! Die Vorsehung fügte es, daß der 24. Jahrestag so ausgezeichnet wurde, weil er den 25. nicht mehr erleben, sondern als erstes Opfer des Kampfes das Leben beschließen sollte, das er, wie er in seinem ersten Schreiben an den Papst Pius IX. bemerkte, der Wahrung kirchlicher Freiheit geweiht hatte.

---

Leider ist es der Kirche auf Erden, wo sie die streitende heißt, nicht immer vergönnt, in Frieden ihrer segensreichen Mission zu leben. Als diejenigen, die gesetzt sind, die Kirche Gottes zu regieren, die Er mit seinem Blute erworben hat, müssen die Bischöfe gar oft eintreten für die Rechte und Freiheiten der Braut Christi, und so kommt es denn, daß besonders in Zeiten, in denen eine neue Philosophie neue Anschauungen über den Staat zur Geltung zu bringen sucht, der Kampf von keinem Bischof vermieden werden kann. Daher konnte auch der Bischof von Fulda dem Streite nicht aus dem Wege gehen, obwohl man nicht umhin konnte, ihm das Prädicat eines versöhnlichen zuzuerkennen.

Mit der ersten Morgenröthe der Freiheit von staatlicher Bevormundung, noch bevor er von dem bischöflichen Stuhle Besitz ergriffen hatte, trat er als Erwählter im Einverständniß mit dem Domcapitel, dem er auf Ersuchen seine Ansichten mitgetheilt hatte, gegen die der Selbständigkeit der katholischen Kirche in Kurhessen entgegenstehenden gesetzlichen Bestimmungen auf. Als solche gelten ihm die auf die katholische Kirche Bezug nehmenden Bestimmungen des § 135 der Verfassungs-Urkunde vom Jahre 1831, in welchem unter Anderem das sog. landesherrliche Placet und der sog. Recurs im Falle eines

Mißbrauchs der geistlichen Gewalt zum Gesetz erhoben war; die Verordnung vom 30. Januar 1830, die Ausübung des landesherrlichen Schutz- und Aufsichtsrechtes über die kathol. Kirche in Kurhessen, das landesherrliche Regulativ vom 31. August 1829, das kirchliche Censur- und Strafrecht des Bischofs betreffend; das Ministerial-Ausschreiben vom 18. August 1823 über das Verhältniß der evangelischen und katholischen Kirche in Ansehung der Ministerialhandlungen; die Verordnung vom 6. September 1829 über die streitigen Ehesachen der Katholiken, indem die Ehesachen als wesentlich geistliche Angelegenheit lediglich der Cognition der geistlichen Gerichte unterliegen und deßhalb die Abordnung eines weltlichen Mitgliedes an das Domcapitel als Consistorium ein Eingriff in die Freiheit der Kirche erschien. Die von dem Capitular-Vicariat und dem erwählten Bischofe geschehenen Schritte wurden durch das die Religionsfreiheit betreffende Gesetz vom 29. October 1848, das den meisten dieser traurigen Bestimmungen ein Ende machte, belohnt.

Einen weiteren Anlaß zu Erörterungen mit der Staatsregierung bot die Verleihung des Tischtitels und das mit demselben in Verbindung gebrachte Examen. Während der zum Empfange der hl. Weihe des Subdiaconats von der Kirche geforderte Titulus mensae nichts anderes ist, als die Sicherstellung des Unterhaltes ihrer Diener für den Fall der Dienstuntauglichkeit, — eine Garantie, welche in der Diöcese Fulda stets von dieser selbst auch in ihrer bedrängtesten Lage geleistet wurde — suchte die Regierung mit demselben, unter der nie in Erfüllung gekommenen Zusage, daß sie beim Eintritte des Unvermögens der Kirche für den Unterhalt sorgen werde, den Begriff einer gewissen staatlicherseits zu ertheilenden Bestätigung der Zulassung zu den hl. Weihen zu verbinden, und erstrebte, manchmal nicht ohne Erfolg, die Sendung eines Commissar's zum vorgängigen Examen. Der Bischof Kött machte diesen grundlosen Ansprüchen ein rasches Ende, indem er unbekümmert um dieselben die hl. Weihen ertheilte und die Geweihten anstellte, und bald hatte er neben seinem guten Rechte die vollendete Thatsache für sich.

Der Kampf des Bischofs für die völlige Freiheit der kirchlichen Erziehung und des Unterrichts in der unteren Abtheilung seines Clerical-Seminars haben wir oben in seinen wichtigsten Actenstücken den Lesern vorgeführt und man wird bekennen müssen, daß er die kirchlichen Anschauungen in diesem Puncte am frühesten und reinsten unter allen deutschen Bischöfen festgehalten habe. Deshalb konnte auch der Bischof von Fulda bei der Zusammenkunft des Episcopats der oberrheinischen Kirchenprovinz zu Freiburg im Breisgau erklären, daß er sich bereits im Besitze der meisten Freiheiten befinde, welche in der Collectiveingabe an die Regierungen begehrt wurden.

Neue Quästionen brachte die Vorbereitung der Verfassung von 1860 und noch vor Untergang des Kurstaates die neue Eintheilung der Competenz der Gerichte, welche die Ehesachen auch in Bezug auf das Band den Obergerichten zuwies und somit in schnurgeraden Gegensatz zum tridentinischen Canon trat. Dieses Gesetz, sowie die alte Verordnung Betreffs der gemischten Ehen, daß der Pfarrer des Bräutigams, also meist der protestantische, der copulirende Pfarrer sei und dieses Recht nicht ohne Ministerialerlaubniß dem katholischen überlassen dürfe, der seinerseits im Falle der Nichtbeachtung sich Strafen von 20 Thalern bis zur Cassation aussetzte, — dieses hessische Schiboleth, wie es Christoph Florentius nannte, fiel mit dem Kurstaate: ein Beweis, daß eben die Kirche alle ihre Gegner überdauert.

Aber auch dem Großherzogthum Sachsen Weimar gegenüber hatte der Bischof die kirchliche Freiheit zu wahren. Durch das Gesetz vom 7. October 1823 über die Verhältnisse der katholischen Kirche und Schule war im §. 1 zur Wahrnehmung und Ausübung der aus dem vermeintlichen ius circa sacra hergeleiteten Rechte in Betreff der Diener und Güter der Kirche und Schule eine eigene, dem großherzogischen Ministerium unterstehende Oberbehörde, die Immediatcommission, angeordnet, die zwei Katholiken, einen Laien und einen Geistlichen, zu stimmberechtigten Mitgliedern haben und sich dem Worte nach aller dogmatischen und die innere Kirchendisciplin betreffenden Fragen enthalten sollte. Wie indessen das Letztere gemeint war, geht aus dem §. 38 hervor, in welchem den Geistlichen angemuthet wird, in gewissen Fällen das Beichtsiegel zu brechen. Der Bischof Johann Leonard Pfaff hatte dem katholischen Pfarrer in Weimar, dem geistlichen Rathe Diesing, gestattet, in diese Commission einzutreten, jedoch mit dem ausdrücklichen Zusatze, daß er hoffe, durch den Verkehr mit einem katholischen Priester werde sich eine richtigere Anschauung katholischer Dinge Bahn brechen. Da sich diese Hoffnung als irrig erwies, untersagte der Bischof Christoph Florentius dem neuen Pfarrer den Eintritt, und wenn er auch in seinen Verhandlungen nicht mit der Beseitigung dieses staatlichen Instituts die volle Autonomie der Kirche herbeiführen konnte, so erlangte er doch neben manchen Beweisen des Wohlwollens das, daß auch in Vermögensfragen nichts ohne die bischöfliche Behörde geschah.

Auch bezüglich der Beeidigung der katholischen Geistlichen ergab sich eine Differenz. Die Eidesformel war die für Staatsdiener gebräuchliche, welche der Pfarrer Jäger von Eisenach beanstandete, unbekümmert um die deshalb verhängte Sperrung der Einkünfte, soweit sie vom Staate flossen. Der Bischof machte den Ausspruch Pius VII. in dessen Schreiben an die kurpfalzbayrische Regierung geltend: „Es sei eine bis dahin unerhörte Neuerung, die Pfarrer zu Staatsdienern zu stempeln; käme auch die Führung der Pfarr-Matrikelbücher nebst vielem Andern zugleich dem Staate zu Nützen, so gebe diese Gutwilligkeit und bloße Gefälligkeit der Kirche gegen den Staat, doch offenbar Niemanden ein Recht, die Pfarrer deswegen den öffentlichen Staatsdienern beizuzählen." Die katholischen Geistlichen des Großherzogthums erklärten in einem Promemoria, daß sie ihren Eid nicht als Dienst-, sondern als Homagialeid, theils unter der stillschweigenden Reservation, theils mit der ausdrücklichen Wahrung ihrer kirchlichen Verpflichtungen geleistet hätten. So wurde denn der Streit beigelegt, indem die Regierung actenmäßig sich aussprach, es sei nicht ihre Intention, durch den Eid die Rechte der Kirche zu schmälern.

Unter Preußen, dessen Regierung gegenüber der Bischof sich, wie natürlich, sehr reservirt benahm, hatte die Diöcese Vieles empfangen, was ihn oft zu äußern veranlaßte: „Ich werde dafür immer dankbar sein". Allein auch bei der dankbarsten Gesinnung war es nicht möglich, den Frieden zu bewahren, wenn nachgerade das Heiligste, die Kirche, in ihrer Existenz gefährdet wurde, wie es durch die Maigesetze geschehen ist. Darum scheute Christoph Florentius auch am Abende seines Lebens nicht vor dem Kampfe zurück, der mit allen seinen Folgen in seiner ganzen Größe vor seiner Seele stand. In völliger Uebereinstimmung mit seinen hochwürdigsten Amtsbrüdern betheiligte er sich an allen Schritten, die an seinem Bischofssitze gemeinsam gethan wurden, die Gesetze zu verhüten, an allen Beschlüssen, die gefaßt wurden, ihr Benehmen nach der Verkündigung derselben zu regeln. Entschlossen ging der greise Bischof von Fulda voran, sobald sich die erste Gelegenheit ergab. Auf die Anfrage des Oberpräsidenten, ob und eventuell für welches Seminar der Provinz Hessen-Nassau er die in § 6 des Gesetzes über die Vorbildung und Anstellung der Geistlichen vorgesehene staatliche Anerkennung wünsche, erwiderte er, „rücksichtlich seines Clerical-Seminars sei sein wohlberechtigter Wunsch einfach der, daß es in seinem bisherigen Zustand völlig intact verbleibe, und zwar sowohl in Absicht auf dessen Dotation, Leitung, Wahl und Bestellung des Aufsichts- und Lehrpersonals, als auch hinsichtlich der im Jahre 1852 von ihm bewirkten Vervollständigung desselben, welche einmal auf kirchlicher Vorschrift beruhe und sodann, wie er dem vorherigen kurfürstlichen Ministerium des Innern in seiner bezüglichen Eingabe vom 28. December 1852 dargelegt habe, nach den obwaltenden besonderen Verhältnissen dringend geboten gewesen wäre, indem nur diese dem beklagenswerthem Priestermangel vorbeugende Maßnahme ihm eine entsprechende Verwaltung der Diöcese und später die zuversichtlichste Hoffnung auf deren ungeschmälerten Fortbestand die Uebernahme der Pastoration der Katholiken der ehemals bayerischen Gebietstheile ermöglicht habe. Um sich zu keinerlei Weise an der Ausführung des in Rede stehenden Gesetzes zu betheiligen, befinde er sich außer Stand, die bezüglich des Clerical-Seminars dahier gewünschten Mittheilungen an das Ober-Präsidium gelangen zu lassen, und müsse seinerseits jede Verantwortung entschieden ablehnen, wenn die bis zu den Zeiten des hl. Bonifacius, Sturmius, Rhabanus Maurus hinaufreichende kirchliche Bildungsanstalt, welche nach der Säcularisation in Gemäßheit des Reichs-Deputationshauptschlusses aus kirchlichen Mitteln dotirt worden sei und im Laufe dieses Jahrhunderts zahlreiche Regierungswechsel, ja sogar die Fremdherrschaft überdauert habe, unter der dermaligen Regierung zu sein aufhören und in Folge dessen unberechenbare Nachtheile für die arme Diöcese sich ergeben sollten." Die Regierung antwortete mit der Schließung der unteren und der Sperrung der Staatszuschüsse für die obere Abtheilung des Seminars.

Bei der ersten Vacatur, die sich ergab, stellte der Bischof ohne Zögerung den Pfarrer Helfrich in Dipperz und den Domcaplan Weber an. Der gerichtlichen Vorladung, sich wegen der illegalen Besetzung zu verantworten, gab er natürlich keine Folge, sondern legte brieflich unter Hinweis auf sein gutes Recht und das vom König vollzogene Uebereinkommen und die in diesem gewährleistete Befugniß völlig freier Collation gegen das kirchenrechtswidrige Verfahren Protest ein — wie er sich nicht verhehlen konnte, ohne Erfolg. Der Bischof von Fulda hatte deshalb den 28. August zugleich mit dem Erzbischof Grafen Ledochowsky von Posen vor allen übrigen preußischen Bischöfen die Ehre, zu 400 Thalern Strafe oder drei Monaten Gefängniß verurtheilt zu werden.

Das that Christoph Florentius, obgleich das Greisenalter und noch mehr eine mehrfache Krankheit seine Körperkraft schon gebrochen hatte. Treu seinem Vorsatze stritt er für die kirchliche Freiheit bis zum Tod, ja er trug die Folgen dieser Pflichttreue noch über den Tod hinaus, indem die während seiner letzten Lebensstunden unausgeführt gebliebene Pfändung noch an seinem Nachlasse vollzogen wurde.

### Die letzten Lebenstage.

Bereits seit 17 Jahren hatte der Bischof große Gichtbeschwerden. Die Leiden, welche er in dieser langen Zeit erduldete, sind Gott allein bekannt, den Menschen gegenüber wußte er dieselben mit einer seltenen Herrschaft über sich selbst fast immer zu verbergen. Während er auf Firmungsreisen sich von keiner

Mühe oder zu Hause von keinem Empfange dispensirte und im Umgange mit allen Denen, die ihn zu jeder Stunde des Tages besuchten, eine ungetrübte Heiterkeit und Freundlichkeit zeigte, waren oft alle seine Glieder von dem heftigsten Rheuma gefoltert. Um sich einige Linderung zu verschaffen und das Weitergreifen des Uebels zu verhindern, begab er sich während der letzten Lebensjahre jeden Sommer auf einige Wochen in das nahegelegene Bad Salzschlirf, wo er im Pfarrhause still für sich lebte.

Nach dem günstigen Verlaufe der ersten 8 Tage ist es nicht unwahrscheinlich, daß diese Badecur auch im August des letztverflossenen Sommers dieselben heilsamen Wirkungen wie früher gehabt hätte, wenn nicht zu den körperlichen Schmerzen die schwersten Seelenleiden gekommen wären, da er beim Blick in die Zukunft unmöglich gegen das die Kirche überhaupt und seine geliebten Diöcesanen insbesondere bedrohende Ungemach gleichgiltig und gegen jegliche, die bischöfliche Würde verletzende Schmach unempfindlich sein konnte. Die Art des Vorgehens der Staatsbehörde mußte daher für den Erfolg der Badecur von der nachtheiligsten Wirkung sein. Um ihn nämlich über die ohne vorgängige Benennung vollzogene Verleihung der obengenannten beiden Stellen auf Grund der Maigesetze zur Rechenschaft zu ziehen, glaubte das Fuldaer Kreisgericht nicht, 8 Tage warten zu dürfen, bis der kranke Priestergreis aus dem Bade zurückkehrte, sondern es sandte, nachdem der Gerichtsbote wiederholt in der bischöflichen Wohnung nachgefragt hatte, die Vorladung offen und in dem allergewöhnlichsten Citationsstile nach dem Badeort und fällte alsbald wie bemerkt seine Sentenz.

So verletzend dies Verfahren an sich auch war, so fügte es doch den kostbarsten Edelstein in die Krone seines verdienstreichen Episcopats, indem es ihn am Ende seiner irdischen Laufbahn für die Sache Jesu Christi leiden ließ und zugleich offenbarte, wie treu der Clerus und das Volk seinem geliebten Oberhirten ergeben war.

Sofort am ersten Tage nach der Verurtheilung eröffnete die Reihe der Kundgebungen die Geistlichkeit der Stadt, die — das Domcapitel an der Spitze — sich in die bischöfliche Curie begab und dort eine Adresse überreichte, in der sie ihre innersten Gefühle mit diesen Worten ausdrückte:

„Hochwürdigster Herr Bischof!

Gnädigster Herr!

Eure Bischöfliche Gnaden sind wegen Ihrer apostolischen Pflichttreue vom hiesigen Kreisgerichte gestern zu einer Geldstrafe, eventuell auf drei Monate zu Gefängniß verurtheilt worden.

Aus dem Grund unserer Seele sprechen wir Eurer Gnaden unser tiefstes Beileid aus, daß Sie im hohen Greisenalter bei angegriffener Gesundheit so schwere Prüfungen zu erdulden haben; aber bei unserer gläubigen Anschauung können wir doch auch nicht umhin, Ihnen von ganzem Herzen Glück zu wünschen, daß in dem Jahre, in welchem wir uns anschicken, den Kranz des 50jährigen Priester= und des 25jährigen Bischofsjubiläums zu winden, der Herr Ihr geweihtes Haupt mit der Krone des Be= kenners ziert — zur Ehre der Fuldaischen Kirche, für die Sie stets gearbeitet haben, und zur eigenen Glorie in der Ewigkeit. Wir ergreifen diese ernste Gelegenheit, vor Gott und Eurer Gnaden wie vor der ganzen Diöcese die Versicherung feierlich zu wiederholen, daß wir, wenn Sie in Banden sind, unser priesterliches Gelöbniß um so unverbrüchlicher bewahren und für Sie um so heißer beten, daß wir mit Ihnen und unsern Brüdern unser Brod theilen und, falls es die Pflicht fordert, Ihrem er= habenen Beispiele muthig folgen werden.

Zum Unterpfand der Kraft von Oben erbitten wir demüthig den oberhirtlichen Segen.

Fulda, 29. August 1873.

Der Clerus der Stadt Fulda."

Obgleich krank und schwach, nahm doch der tiefgerührte Oberhirt diesen neuen Beweis der Ergebenheit entgegen.

„Pfeile, welche vorausgesehen sind", — erwiderte er — „verwunden nicht so schwer. Daß die Bischöfe Strafen, Haft und noch Härteres zu tragen haben würden, dessen sei sich der preußische Episcopat bei Unterzeichnung der Collectiv=Eingaben schon im Voraus bewußt gewesen. Indessen sei es ein schöner Trost und eine sichere Bürgschaft für die Zukunft, daß, wie die Bischöfe unter sich und mit dem Papste einig seien, so auch die Priester treu und fest zu ihren Bischöfen ständen. Wenn der Clerus seiner Diöcese, wie er eben wieder gesehen, sich durch Anhänglichkeit und Gehorsam auszeichne, so werde dies in nicht minder erfreulicher Weise auch in andern Diöcesen der Fall sein. Fulda, der hl. Bonifacius, habe die Ehre, die Reihe der Bekenner zu eröffnen".

Es waren die letzten Worte, die er an die tief ergriffenen Anwesenden und durch sie an alle Diöcesan=Priester richtete, denen er nicht mehr, wie er beabsichtigte, für die ihrerseits erwiesene Theilnahme eigens seinen Dank in einem Hirtenschreiben auszusprechen in der Lage war; es war der letzte Segen, den er seinem versammelten Clerus spendete.

Die Krankheit nahm einen immer bedenklicheren Charakter an. Zu den heftigen Congestionen des Blutes nach dem Kopfe gesellten sich noch periodisch wiederkehrende Fieber und andere Beschwerden, welche seine Kräfte mehr und mehr aufzehrten.

Zwar schien noch eine Wendung zum Bessern eintreten zu wollen, aber ein Zwischenfall verschlimmerte das Uebel bedeutend. Als er die Zöglinge des Seminars, das er neu organisirt, unter Opfern und Kämpfen erhalten und selbst noch in seinem letzten Willen zum Erben eingesetzt hatte, in der gerade damals besonders großen und feierlichen Procession am Feste Mariä Geburt an seiner Wohnung vorüberziehen sah und daran dachte, wie dieselben in Folge der Schließung der unteren Abtheilung das Seminar nunmehr verlassen würden, um nicht wiederzukehren; da schnitt dieser Anblick und dieser Gedanke ihm so tief in die Seele, daß er bei aller Selbstbeherrschung, die man oft an ihm zu bewundern Gelegenheit fand, bittere Thränen vergoß und das Schluchzen nicht zurückhalten konnte. Und so bald zeigten sich die nachtheiligen Rückwirkungen dieser Aufregung, daß der hochwürdigste Bischof Dr. Konrad Martin keinen Anstand nahm, in der Trauerrede zu sagen, „es habe ihm dieser Anblick das Herz gebrochen", und manche Stimmen laut wurden, er sei das erste Opfer der Kirchenverfolgung geworden.

Wie sein ganzes Leben, so waren auch seine letzten Tage erbaulich, einmal durch seine wunderbare **Geduld**, die bei seinem sanguinischen Temperamente eben nur als Tugend zu betrachten ist, sodann durch mehrere Züge, die wir hier als Beweise seiner **Frömmigkeit** gerne zur allgemeinen Kenntniß bringen.

Wiederholt empfing er mit inniger Andacht die hl. **Sacramente**. So schwach und leidend er war, suchte er doch mit Anstrengung aller seiner Kräfte beim Empfang der hl. Communion das allgemeine Sündenbekenntniß zu beten und laut die Acte der göttlichen Tugenden zu erwecken. In die Zeit seiner Krankheit fielen gerade die Priesterexercitien. Die große Betheiligung an denselben war der letzte süßeste Trost, den ihm sein geliebter Clerus bereitete. Bei ihrem Beginne ließ er durch den dieselben leitenden P. Maximilian allen Theilnehmern seine Freude ausdrücken, daß sie so zahlreich gekommen seien, sowie auch sein tiefes Bedauern, daß er selbst durch seine schwere Krankheit an der Theilnahme gehindert sei; er wolle ihnen seinen Segen ertheilen und seine Leiden für sie aufopfern. Am Vorabende des Schlusses der hl. Uebungen ließ er sagen, er werde im Geiste sich mit ihnen vereinigen und, während sie gemeinsam die hl. Communion empfingen, das hochheilige Sacrament als Wegzehrung sich reichen lassen.

Rührend war die Liebe und Verehrung, welche er während seines schmerzlichen Leidens gegen die Mutter Gottes an den Tag legte. Diese Andacht hatte ihm ja seine vortreffliche Mutter schon in frühester Jugend in's Herz gepflanzt, und er selbst hatte sie in seinen Gläubigen durch begeisterte Predigten entzündet. Auch in seiner Krankheit betete er fleißig den Rosenkranz, den er als kostbarstes Andenken an seine liebe Mutter vom Tage ihres Todes an sich bewahrt hatte, und als er riß, wie freute er sich so kindlich, aus den Händen seines Caplans einen in Loretto geweihten wieder zu erhalten, und wie dankbar zeigte er ihn seinem treuen Diener! Die Litanei zur Mutter Gottes von der immerwährenden Hilfe mußte ihm sein Caplan vor dem Bette knieend immer und immer wieder vorbeten. Zu ihrem Bilde, das über seinem Schmerzenslager hing, streckte er seine Hände andächtig betend empor, und ihm galt der erste Blick, als er kurz vor seinem Tode, von einer starken Ohnmacht befallen und in's Bett gehoben, die Augen wieder öffnete. Ihr Lob verkündete er noch, als er einem Priester, seinem Jugendfreunde, auf dessen Bitte mit dem Aufgebote aller seiner Kräfte den bischöflichen Segen noch zu ertheilen vermocht hatte, indem er beifügte: „Da hat die Mutter Gottes ihre Herrlichkeit bewiesen."

Ein großer Trost sollte ihm vom hl. Vater werden. In gesunden Tagen hatte der Bischof öfters geäußert, daß er nach besonderen Auszeichnungen kein Verlangen trage, aber eine Begünstigung von Herzen wünsche — den apostolischen Segen vor dem Tode. Da es sich nun immer mehr herausstellte, daß das theure Leben nicht mehr werde erhalten werden; so wurde der Zustand und das Verlangen des Bischofs zur Kenntniß Pius IX. gebracht, der ihm unter dem Ausdrucke tiefer Betrübniß aus der Fülle seines Herzens den apostolischen Segen ertheilte, als ein Zeugniß kirchlicher Einheit mit dem hl. Stuhle und ein Unterpfand der Segnungen des Himmels. Hierüber, wie über die große Theilnahme seiner Diöcesanen, war der Kranke so erfreut, daß seine Seele überströmte vom Danke gegen Gott und er oft ausbrach in die Worte: „Du überhäufest, du überschüttest mich, o Herr, mit Wohlthaten!"

Den 13. October, am Tage vor seinem Hinscheiden, empfing der treue Verehrer der hl. Barbara zum letzten Male die hl. Sacramente, und so sehr auch seine Leiden zunahmen, so kam doch kein Laut der Klage über seine Lippen. Am Abende desselben Tages verfiel er in einen Schlaf, aus dem er nicht mehr erwachen sollte. Den 14. October Morgens 11 Uhr verschied er unter den heißen Gebeten der anwesenden Priester und seines Beichtvaters, die Sterbekerze in der Hand, das Crucifix auf der Brust, sanft und ruhig in dem Herrn — im 12. Monate des 72. Jahres seines Lebens, im 49. Jahre seines Priesterthums, das er rein und makellos bewahrt, im 25. seines Episcopats, in dem er sich stets als einen seeleneifrigen Hirten erwiesen hatte. „Der Eifer für das Haus Gottes hatte ihn verzehrt."

Die Trauerkunde von seinem Tode erfüllte alle Herzen mit tiefster Betrübniß. Schon während seiner Krankheit hatte sich eine Theilnahme kundgegeben, wie sie nicht ergreifender hätte sein können. Das Bischöfliche General-Vicariat hatte nicht gesäumt, die Diöcesanen von der Gefahr der Krankheit zu benachrichtigen und öffentliche Gebete anzuordnen. Doch damit waren die Gläubigen nicht zufrieden. Um den Himmel gleichsam zu bestürmen, daß ihnen, wenn es anders dem Rathschlusse Gottes nicht entgegen sei, ein so theures Leben in einer so bedrängten Zeit erhalten würde, stellten Viele noch Bittgänge an und empfingen, auf daß sie mit reinerem Herzen wirksamer beten könnten, die hl. Sacramente. Als an dem Morgen des Todestages ein Pfarrer in der Nähe Fulda's vor dem Beginne des Hochamtes der versammelten Gemeinde mittheilte, daß ihr guter Bischof den Tag wohl nicht mehr überleben würde; brachen Alle in lautes Schluchzen aus, und es mußte eine stille Messe gelesen werden, weil Niemand dem Gesange des Priesters zu antworten im Stande war.

Der Schmerz, der alle Gemüther erfaßte, als die Trauerklänge der großen Hosanna das lange befürchtete Hinscheiden des Bischofs verkündete, war ähnlich dem Leide treuer Kinder beim Tode des geliebten Vaters. —

Kaum war der Andrang des Volkes, das seinen verehrten Oberhirten im Tode noch einmal sehen wollte, zurückzuhalten, und als Tags darauf die Leiche im bischöflichen Ornate auf dem Paradebette lag, war der geräumige Saal vom frühen Morgen bis zum späten Abend überfüllt mit frommen Betern.

Die feierliche Beisetzung in der Domkirche erfolgte den 17. October. Wer von den Diöcesanpriestern nur einigermaßen sich in der Möglichkeit sah, seinen Platz zu verlassen, der hatte sich eingefunden: die Thränen in den Augen Vieler bezeugten, wie sie ihren Bischof liebten. Von den Bischöfen der Kirchenprovinz und der Nachbarschaft waren eingetroffen die hochwürdigsten Herrn von Mainz, Paderborn, Würzburg, Freiburg und für den Bischof von Limburg, den Krankheit zu kommen hinderte, der hochwürdige Domdechant Dr. Klein.

Den Trauerzug, so einzig wie er selbst bei dem Tode des letzten Fürstbischofs nicht gewesen war, an dem sich die Adeligen der Diöcese, die Civil- und Militär-Behörden, die Lehranstalten, Magistrat und Bürgerschaft, so wie Gläubige aus den fernsten Gegenden des Bisthums betheiligten, führte, als der älteste der Bischof von Mainz. Ernst und still bewegte sich die zahllose Menge nach der Cathedrale; in den Augen Vieler standen Thränen, auf dem Angesichte Aller war die tiefste Trauer zu zu lesen: mit Augen konnte man sehen, wie tief der katholische Bischof seinem Clerus und Volke in's Herz gewachsen war.

Im Dome angekommen, wurde die Leiche auf dem Katafalk unter der Kuppel niedergesetzt ringsum im weiten Kreise von dem Clerus mit brennenden Kerzen umgeben, die hochwürdigsten

Herrn Bischöfe an den vier Ecken des castrum doloris. Nach dem solennen Traueramte, das der fungirende Bischof von Mainz hielt, bestieg der Bischof von Paderborn die Kanzel, um im Hinblick auf den Hingeschiedenen dem Clerus und dem Volke der Diöcese zuzurufen: „Dilectus Deo et hominibus, cujus memoria in benedictione est. Er war von Gott und den Menschen geliebt, und sein Andenken ist im Segen". Eccli. 45, 1; und im Anschlusse an diese Worte, welche so treffend das Wesen des Verstorbenen und die Gesinnung der Leidtragenden bezeichneten, das Lebensbild des hohen Verblichenen vorzuführen. Darauf erfolgte die fünffache Absolution, und die irdischen Ueberreste wurden in die Gruft eingesenkt, wo sie nahe dem Grabe des hl. Bonifacius, dessen treuer Hüter der Verstorbene allzeit war, der glorreichen Auferstehung harren, die ihm seine noch jetzt häufig am geschmückten Grabe knieenden Diöcesanen erflehen.

Am Mittage nach der Beerdigung fand sich der Clerus, um die hochwürdigsten Gäste geschaart, zum bescheidenen Mahle im Refectorium des Seminars ein, das als Erbe der — wie es im Testamente heißt — „aus kirchlichem Einkommen stammenden und deshalb der Kirche zu ihren heiligen Zwecken gebührenden Hinterlassenschaft" es als eine besondere Ehrenpflicht angesehen hatte, zum Mahle einzuladen. Die Hoffnungen auf einen segensreichen Episcopat, welche Manche der Anwesenden am 1. Mai 1849 bei Gelegenheit der Consecration des Hochseligen an demselben Orte aussprechen hörten, hatten sich in reichem Maße erfüllt, und darum nahmen Alle in einer mehr tröstlichen als traurigen Stimmung die Worte auf, die gegen das Ende des Tisches der hochwürdigste Herr Bischof Wilhelm Emmanuel an die Anwesenden richtete.

Er müsse zunächst — so sagte der Kirchenfürst — dem eigenen Schmerze Ausdruck geben, über den Verlust eines Bischofs, den er als treuen Oberhirten hochgeschätzt, als theuren Freund immer geliebt habe; dann aber fordere er die versammelten Priester auf, in dem Geiste, der sie bisher beseelt und ihrem nunmehr in Gott ruhenden Bischofe die größte Freude bereitet habe, auch in der traurigen Zeit der Verfolgung unerschütterlich zu verharren und das Versprechen der Treue an dem Grabe zu erneuern; schließlich ermuntere er auch zum Gebete, zum allgemeinen Gebete für alle Anliegen der Kirche, besonders aber dafür, daß Gott in seiner Güte der Diöcese Fulda wieder einen Bischof nach seinem Herzen geben möge.

So endete die Leichenfeierlichkeit würdig und erhebend. Wenn aber das Antlitz unseres Bischofs unseren Augen jetzt entrückt ist, so wird doch sein Andenken nicht vergehen, sein Bild immerdar vor unserer Seele stehen, wie wir es hier in kurzem entwerfen:

Christoph Florentius hatte ein einnehmendes und dabei imponirendes Aeußere, einen Fonds von Kraft und Gesundheit, die er ohne Schonung bis zum Tode ausbeutete. In diesem Körper wohnte eine reich ausgestattete Seele, deren seltene intellectuelle Begabung unter glücklicheren Verhältnissen ihrer ersten Ausbildung zu Ungewöhnlichem in den größten Kreisen befähigt haben würde, und deren Wille eine große Energie und Ausdauer besaß und für alles Hohe und Edle empfänglich war. Wahrheit und Recht waren ihm so heilig, daß er alles Unwahre und Gleißnerische, jede Lüge und Rechtskränkung vom Grunde des Herzens haßte. Auf dieser natürlichen Unterlage bauten sich die übernatürlichen Gaben auf: ein inniger kirchlicher Glaube und eine Liebe, die sich in Absicht auf den Nächsten als Herzensgüte gegen Jedermann, als zarte Rücksichtsnahme auf jede Individualität, als Barmherzigkeit gegen Arme und Nothleidende, gegen Gott aber als rastlosen apostolischen Eifer und als ununterbrochene Opferwilligkeit für die ihm anvertraute Sache zu erkennen gab. Diese glänzenden Eigenschaften waren für Viele verhüllt durch eine große Anspruchslosigkeit und Bescheidenheit, durch eine wahre, aufrichtige Demuth, sie erhielten indessen für Alle, die ihm näher standen und die Echtheit dieser seltenen Tugend mit jedem Tage mehr und mehr anzuerkennen Gelegenheit hatten, gerade hierdurch die würdigste Fassung.

Gewiß ein Characterbild, das uns, wäre es auch nicht das eines der größten Wohlthäter der Diöcese Fulda, an sich schon heilig und unvergänglich sein müßte: ein Bild, von dem nicht nur die Pietät, sondern die Gerechtigkeit die Flecken fern zu halten gebietet, durch die eine feile, verlogene Presse es zu entstellen wagte.

Ohne Zweifel würden manche Andere und Fähigere bereit gewesen sein, diesen Act der Gerechtigkeit zu vollziehen; wenn es aber der Schreiber dieser Blätter zu thun unternommen hat, so glaubte er hiebei dem Fingerzeige Gottes, Der ohne des Biographen Zuthun und anfänglich gegen dessen Neigung noch bei Lebzeiten des Bischofs den Antrag, ein Leben des „Bekenners" zu liefern, herankommen ließ, nicht minder aber auch dem Zuge der Verehrung gegen den Oberhirten folgen zu sollen, der ihm stets im Leben unverdiente Huld und Liebe erwiesen und noch in seinem Testamente ihn als „treu ergeben und überaus theuer" zum Executor seines letzten Willens bestimmt hatte.

Fulda, im Dezember 1873.

Milton Keynes UK
Ingram Content Group UK Ltd.
UKHW041056241024
450026UK00018B/319